KB050755

광해록

광해록 8

초판 1쇄 인쇄일 2015년 5월 16일 | **초판 1쇄 발행일** 2015년 5월 19일

지은이 조 휘 | **펴낸이** 곽중열 | **담당편집 팀장** 이범수
편집부 신연제 이윤아 김호성 김은경

펴낸곳 (주)조은세상 | 출판등록 제 2002-23호
주소 경기도 연천군 미산면 청정로 1355
TEL 편집부 02)587-2966 | FAX 02)587-2922
e-mail bukdu@comics21c.co.kr

ⓒ조 휘 2014
ISBN 979-11-5832-074-4 | ISBN 979-11-5512-853-4(set) | 값 8,000원

광해록

NEO ALTERNATIVE HISTORY FICTION

조휘 대체 역사 장편소설 ⑧

光海錄

북두
(주)좋은세상

CONTENTS

NEO ALTERNATIVE HISTORY FICTION

광해록

1장. 재란(再亂)의 시작

光海鑑

1장. 재란(再亂)의 시작

　임진년의 행적을 그대로 밟은 왜군은 절영도에 상륙해 부신진성과 동래성을 함락시켰다. 다만, 임진년과 다른 점이라면 임진년에는 부산진성에서 정발장군이, 동래성에서 송상현장군이 목숨을 희생해가면서까지 끈질기게 저항했던 반면, 이번 정유년에는 두 성이 모두 텅텅 비어 있다는 점이었다.

　1번대 1만5천명과 선봉으로 상륙한 고니시 유키나카는 비어있는 동래성을 보며 미간에 내 천(川)자를 그렸다. 사람은커녕, 개조차 보이지 않았다. 이는 청야전술(淸野戰術)이었다.

　청야전술은 적이 사용할 가능성이 있는 물자와 농지를

미리 파괴해 적의 보급에 피해를 입히는 전술이었다. 고도로 발달한, 심지어 공군을 소유한 21세기 군대에서조차 보급은 쉽지 않은 일이어서 정교한 계획과 막대한 비용이 필요했다.

21세기가 이럴진대, 16세기야 두 말할 필요 없었다. 더욱이 보급이란 원래 전선이 길어질수록 더 힘들어지는 법이었다.

한데 왜군은 거기에 더해 바다마저 건너야하는 실정이었다.

그런 상황에서 현지조달이야말로 최선의 방법이라 할 수 있었다. 왜군이 임진년에 전라도를 끊임없이 노린 이유 역시 보급을 현지에서 조달하려한 이유가 컸는데 이순신의 수군과 곽재우, 권율, 김시민 등의 활약으로 뜻을 이루지 못했다.

청야전술은 적의 보급사정을 압박하는데 있어 가장 좋은 전술로 한민족은 그동안 살수대첩(薩水大捷)을 비롯해 거란과의 전쟁, 근래에는 임진왜란 중에 사용해 큰 효과를 보았다.

청야전술의 종류에는 크게 두 가지가 있었다.

하나는 완벽한 형태의 청야전술이었다.

이는 무기와 군량 등을 적이 점령할 가능성이 있는 지역에서 전부 비움과 동시에 논과 밭에 있는 작물에는 불을 질러 재로 만들었다. 또, 적이 농사를 짓지 못하게 아예 논과 밭을 철저히 파괴했다. 이러한 방법은 효과가 크지만 대신 적이 물러갔을 경우, 농민들이 피해를 보는 단점이 있었다.

청야전술을 펼치기 위해 파괴한 전답을 다시 생명이 꿈틀거리는 논과 밭으로 바꾸기 위해서는 각고의 노력이 필요했다.

두 번째는 저강도(低强度) 청야전술이었다.

이동이 가능한 물건만 적의 점령 예상지에서 치우는 방법으로 고니시 유키나카가 본 동래성은 이 두 번째 경우에 속했다.

동래성 동문엔 송상현과 정발 등 임진왜란 초기 부산에서 장렬히 전사한 장수와 관원을 기리는 충렬사(忠烈祠)가 있었다.

"흐음."

고니시 유키나카는 충렬사의 비문을 읽어보며 고개를 끄덕였다. 비문의 글은 당대 팔대문장가 중 첫 손에 꼽히는 이산해가 지었으며 글씨는 석봉(石峯) 한호(韓濩)의 솜씨였다.

송상현과 정발 등을 기림과 동시에 왜적의 침략을 조목조목 규탄하는 내용이 주를 이루어 고니시 유키나카에겐 썩 유쾌한 글이 아니었지만 문장 솜씨와 서체의 유려함은 명나라 대문장가의 솜씨에 전혀 밀리지 않아 절로 감탄이 일었다.

고니시 유키나카는 약재상출신이었다. 그래서 외국 문물에 익숙했다. 실제로 명과 조선의 작품 수십 점을 수입해 일부는 자신이 갖고 나머지는 다른 영주들에게 비싼 값에 팔았다.

비문을 읽는 고니시 유키나카 옆으로 소 요시토시가 걸어왔다.

소 요시토시는 사위라기보다는 정치, 경제, 종교 등 모든 분야에서 협력하는 동반자에 더 가까웠다. 조선과 전쟁을 벌이면 그 역시 사위만큼이나 큰 손해를 보는지라, 이번 전쟁을 어떻게든 말려보려 했으나 결국 참담한 실패를 맛봤다.

소 요시토시 역시 장인 고니시 유키나카를 누구보다 믿었다. 그래서 풀려날 때 이혼과 맺었던 밀약을 그에게 실토했다.

고니시 유키나카는 깜짝 놀랐다. 이 사실이 도요토미 히데요시의 귀에 들어가는 날에는 영지를 몰수당하는 선에서 끝나지 않을 게 분명했다. 도요토미 히데요시의 변덕스러운 성격을 감안하면 그와 사위의 가문이 도륙당할 위험이 있었다.

고니시 유키나카는 당연히 이를 숨겼다. 그리고 한편으

로는 이런 관계를 이용해 조선과 왜국의 전쟁을 말려보려 하였다.

그러나 도요토미 히데요시는 그의 충언을 듣지 않았다.

고니시 유키나카는 하는 수 없이 소 요시토시를 통해 왜국의 정보를 조선 조정에 넘겼다. 소 요시토시가 국정원에 넘기던 정보들이 모두 고니시 유키나카의 손을 거쳤던 것이다.

왜국이 전쟁을 포기하지 않는다면 다음 방법은 조선이 이를 대비하게 만들어 임진년과 같은 일이 벌어지지 않도록 만들어야했다. 그러나 다시 한 번 장인과 사위가 사이 좋게 1번대, 즉 선봉을 맡으며 상황이 돌변했다. 도요토미 히데요시의 의심을 피하기 위해서는 임진년처럼 누구보다 열심히 싸워야했는데 그러려면 어느 정도 성과를 거두어야했다.

최소한 임진년처럼 도성이나, 평양성은 함락해야했다. 그래야 도요토미 히데요시가 두 사람을 의심하지 않을 수 있었다.

고니시 유키나카는 먼저 소 요시토시를 통해 조선에 보내던 정보를 차단했다. 성과를 보이기 위해서는 지금부터라도 이쪽의 정보를 차단해 조선이 방비하지 못하게 해야했다.

한데 고니시 유키나카는 상륙하는 즉시 알았다. 조선의
국정원은 소 요시토시만 간자로 사용한 게 아니었다. 본토
에도 국정원 간자가 많은지 상륙날짜와 상륙시기를 정확
이 알아냈다. 그렇지 않았다면 청야전술을 펼치지 못했을
것이다.

　고니시 유키나카 옆에 선 소 요시토시가 강한 어조로 권
했다.

　"조선이 이렇게 철저하게 준비했다면 이미 패한 싸움이
나 다름없습니다. 어서 본국에 이 사실을 알려 후퇴해야합
니다."

　고니시 유키나카가 뒷짐을 진 채 씁쓸한 미소를 지었다.

　"소용없네."

　"소용이 없다니요?"

　"우리가 그 말을 입에서 꺼내는 즉시, 조선과 작당한 줄
알게야."

　"설마 그러기야 하겠습니까?"

　고니시 유키나카가 몸을 돌려 소 요시토시를 보았다.

　"명심하게."

　"무엇을 말입니까?"

　"우리가 설령 조선군에 당하는 일이 있더라도 도성을
향해 진격해야하네. 그래야 우리를 의심하는 태합(太閤)전
하의 독수를 피할 수 있어. 가문은 어떻게 해서든 보전해

14

야하지 않겠나. 곧 2번대가 상륙할 것이니 어서 병력을 움직이게나."

"예, 장인어른."

힘없이 대답한 소 요시토시는 휘하의 병력을 지휘해 대구 방향으로 올라갔다. 고니시 유키나카가 방금 한 말대로였다.

도요토미 히데요시의 의심 속에서 가문과 영지를 보전하기 위해선 설령 죽는 한이 있어도 열심히 싸우다가 죽어야했다.

소 요시토시의 선봉 5천이 길을 열기 위해 부산포를 출발한 직후, 막 상륙한 2번대 가토 기요마사에게 항구를 넘긴 고니시 유키나카는 사위의 뒤를 쫓아 대구로 향하기 시작했다.

고니시 유키나카에게 다시 한 번 선봉의 중임을 빼앗긴 가토 기요마사는 멀어지는 고니시군의 군기를 보며 입맛을 다셨다.

가토 기요마사를 중심으로 한 무단파와 이시다 미쓰나리를 중심으로 모인 문치파와의 알력은 갈수록 더 심해졌다. 이번 재침략결정 역시 무단파와 문치파의 의견이 나뉘었는데 무단파는 도요토미 히데요시의 결정에 따라 찬성을, 문치파는 막대한 전비가 들어간다는 점을 들어 반대를 표했다.

물론, 결정권을 가진 도요토미 히데요시의 의견에 따라

재침략이 이루어졌으나 이번 전쟁 역시 고니시 유키나카가 선봉을 맡는 바람에 가토 기요마사의 기분은 썩 유쾌하지 않았다.

선봉을 결정하는 일에 고니시 유키나카를 의심하는 도요토미 히데요시의 의중이 다소 섞여 있다고는 하지만 임진년에 이어 또 한 번 선봉을 빼앗긴 것은 고니시 유키나카에 대한 가토 기요마사의 증오가 더 심해지는 결과를 불러왔다.

지금 역시 마찬가지였다.

고니시 유키나카와 대면하기 싫어 가신을 보내 자기 대신 협의하게 하였다. 가토 기요마사의 가신을 만나 항구를 인계한 고니시 유키나카는 이내 대구가 있는 북쪽으로 출발했다.

가토 기요마사는 고니시 유키나카가 그랬던 거처럼 부산포에 머무르며 후속부대의 상륙을 도와주었다. 가토 기요마사의 뒤를 이어 상륙한 3번대 주장은 우에스기 카게카츠였다.

우에스기 카게카츠는 우에스기 겐신의 후계자로 간토의 유력한 영주였다. 더구나 부산에서 죽은 고바야카와 다카카게의 뒤를 이어 오대로에 오른 후에는 영향력이 더 강해졌다.

도요토미 히데요시는 임진왜란을 준비할 때, 주코쿠와 시코쿠, 큐슈, 즉 간사이의 영주들을 동원했다. 그쪽이 간토보다 조선과 더 가까우며 동원하기 쉬웠던 이유가 작용했다.

그러나 임진왜란 동안 원정군의 주력을 형성하던 주코쿠의 모리가문이 고바야카와 다카카게가 죽는 등 엄청난 손해를 본데다, 측근 무장이던 후쿠시마 마사노리, 구로다 나가마사 등이 죽어나가 더 이상 간사이지역만 동원할 수 없었다.

그런 이유로 간토에 영지가 있는 우에스기 카게카츠가 3번대, 다테 마사무네가 4번대, 가모 우지사토의 어린 아들 가모 히데유키가 5번대로 참가해 원정군의 주력을 형성하였다.

또, 6번대는 임진왜란에 이어 두 번째로 참전하는 큐슈의 시마즈 요시히로가 맡았으며 이들을 지휘하는 사령관의 역할은 죽은 우키타 히데이에를 대신하여 도요토미 히데요시의 최측근이라 할 수 있는 마에다 도시이에에게 넘어갔다. 정유년에 파견한 병력의 숫자는 임진왜란보다 다소 적지만 병력을 지휘하는 각 영주들의 면면은 결코 떨어지지 않았다.

이는 도요토미 히데요시가 얼마나 이번 원정에 공을 들였는지 알게 해주는 부분이었는데 도쿠가와 이에야스를 제외한 유력 영주 대부분이 이번 전투에 참가한 것이나 다름없었다.

우에스기 카게카츠는 원래 직접 참전하는 대신, 가신 나오에 카네츠구를 보내려하였지만 도요토히 히데요시에게 거절당해 하는 수 없이 직접 가신단과 함께 조선으로 건너왔다.

우에스기 카게카츠의 3번대가 상륙하는 모습을 본 가토 기요마사는 자신이 지휘하는 1만여 병력과 함께 진주로 출발했다.

이미 왜군도 전략이 다 서있는 상태였다.

그래서 고니시의 1번대가 대구로 향하는 동안, 2번대를 맡은 가토 기요마사는 서쪽에 있는 진주성으로 걸음을 옮겼다.

며칠 후 대마도에 대기하던 육군 10만과 수군 4만이 모두 조선에 무사히 상륙해 일단 초전에서는 승기를 잡았다. 상륙작전의 승패는 피해 없이 상륙하느냐에 달려있었다. 일단, 육군, 수군 모두 피해가 없었다는 말은 성공한 거와 같았다.

한편, 대구에 주둔하던 이혼은 강문우의 국정원과 최배천이 지휘하는 강행정찰연대(强行偵察聯隊)의 보고를 받으며 왜군의 병력수와 병력의 이동방향을 파악하느라 정신이 없었다.

"대구와 진주 두 방향에 병력을 집중하는 상황인가?"

이혼의 질문에 강문우가 일어나서 하삼도 지도를 펼쳐

보였다.

"현재 파악한 정보로는 그렇사옵니다. 왜군은 1번대가 대구로, 2번대가 진주로 향하는 중인데 뒤이어 도착한 후속부대들 역시 두 부대가 뚫어놓은 길로 움직이는 상황이옵니다."

이혼은 반대편에 앉은 권율의 의향을 물었다.

"도원수의 생각은 어떻소?"

"소장의 생각으로는 진주를 막는 게 가장 중요해보이옵니다."

이혼은 상체를 탁자 앞으로 숙였다.

"자세히 말해보시오."

"진주를 막아 빠져나갈 틈을 막은 후에 우리가 대구에서 사냥감을 몰듯 내려가면 왜적을 부산에 몰아넣을 수 있사옵니다."

이혼의 고개가 시원하게 내려갔다.

"좋소. 그 일은 도원수가 알아서 하시오."

이혼은 전권을 권율에게 주었다.

"황공하옵니다."

예를 표한 권율은 신속히 움직였다.

"전라사단 김시민장군과 충청사단 영규장군에게 진주성일대를 철통보다 더 단단하게 수비하라 일러라! 만약, 왜군이 전라도로 들어가는 날에는 두 장군 모두 엄히 문책

할 것이다!"

"예, 장군!"

군례를 올린 전령들은 말에 올라 진주성으로 출발했다.

권율의 명이 다급히 이어졌다.

"지금 당장 근위사단과 경상사단, 강원사단 장수들을 불러라!"

"예, 장군!"

두 번째 전령부대가 누런 먼지를 일으키며 사방으로 흩어졌다.

얼마 지나지 않아서 세 사단의 주요 지휘관들이 도착했는데 먼저 근위사단의 사단장 권응수를 필두로 본부연대장 장윤(張潤), 1연대장 황진, 2연대장 정기룡, 3연대장 정문부, 5연대장 국경인, 6연대장 김덕령, 포병연대장 장산호 등 근위사단에 속해 있는 여러 장수들이 차례대로 모습을 보였다.

앞선 2년 동안, 이혼의 농업개혁이 성과를 거두어 재정에 많은 발전이 있었던지라, 근위사단은 6연대를 신설하는 등 몸집을 조금 더 불렸다. 그리고 장수들이 보직을 옮기며 편제에 변화가 있었는데 본부연대장에는 성산(星山), 개령(開寧)전투에서 연달아 공을 세운 장윤을 임명했으며 원래 본부연대장이던 정기룡은 본인의 의사를 존중해 2연대장으로 보직을 옮겼다. 또, 신설한 6연대장은 이혼을 호위하던 세자익위사 김덕령을 임명해 근위사단을 새롭게 일신했다.

가장 중요한 변화는 근위사단 사단장 보직의 신설이었다. 원래 근위사단은 이혼을 호위하는 근위대대로 출발했다가 근위연대, 근위사단으로 발전한지라, 사단장 보직이 없었다.

그저 이혼의 지휘를 받으며 그의 명에 따를 뿐이었다.

그러나 이혼이 보위에 오르며 상황이 바뀌었다. 군왕이 개인적으로 군대를 소유할 제도적인 근거가 부족해 일단 근위사단을 병조 밑에 속하게 한 후, 사단장 보직을 신설하였다.

근위사단의 사단장은 중요한 자리였다. 만약, 근위사단의 사단장이 이혼을 배신한다면 그보다 큰일은 없어 신중을 기했는데 고심 끝에 기병연대장을 맡았던 권응수를 선택했다.

권응수는 처음에 이혼에 대해 별 생각이 없었다. 그저 국난극복을 위해 힘쓰는 세자정도가 그에 대해 가진 인상의 전부였다. 그러나 그 휘하에 들어가 직접 경험한 이혼은 무언가 달랐다. 담력, 직관력, 그리고 무엇보다 신무기를 만들어내는 솜씨가 보통이 아니었다. 그때부터 권응수는 그의 열렬한 추종자로 변해 누구보다 강한 충성심을 드러냈다.

이혼이 권응수를 근위사단의 사단장에 임명한 이유는 이러한 이유가 크게 작용했으며 지금까지는 아주 잘 해내주었다.

근위사단에 이어 근위사단의 좌군을 맡은 강원사단의 사단장 선거이가 연대장 다섯 명과 함께 권율의 막사에 들어섰다. 그리고 마지막으로 경상사단 사단장 곽재우가 도착했다.

잠시 후, 상선 조내관이 먼저 들어와 외쳤다.

"상감마마께서 납십니다!"

그 말에 장수들은 얼른 일어나서 갑옷과 투구를 정제하였다. 군왕 앞에서 흐트러진 모습을 보이는 것은 수치에 속했다.

준비를 살펴본 조내관은 이내 문을 활짝 열었다.

고개를 끄덕인 이혼은 안으로 들어가 자기 자리에 가서 앉았다.

그 즉시, 장수들이 일제히 군례를 올리며 복창했다.

"주상전하를 뵈옵니다!"

이혼은 손을 들었다.

"예를 거두시오!"

"황송하옵니다!"

이혼은 고개를 끄덕이며 앞에 있는 의자를 가리켰다.

"다들 자리에 앉으시오!"

"성은이 망극하옵니다!"

이혼은 분위기를 풀려는 듯 웃으며 입을 열었다.

"전에는 이런 절차가 필요 없었는데 보위에 오른 후에는 지켜야하는 절차가 얼마나 많은지 정신이 없구려. 이럴 줄 알았으면 여러분과 함께 군문(軍門)에서 뼈를 묻을 걸 그랬소."

"하하하!"

긴장을 푼 장수들은 그제야 웃기 시작했다.

그를 죽이기 위해 왜의 대군이 시시각각 올라오는 중이라는 사실에 비춰볼 때 쉽게 보여주기 힘든 여유임은 틀림없었다.

분위기를 환기한 이혼은 도원수 권율을 가리켰다.

"지금부터 도원수가 왜군을 상대할 작전에 대해 설명할 것이오."

호명을 받은 권율은 자리에서 일어나 이혼에게 먼저 예를 표했다. 이혼은 고개를 끄덕여 가볍게 답례했다. 예를 마친 권율은 방금 전 이혼에게 승인받은 작전에 대해 설명했다.

이혼은 권율의 설명이 끝나기 무섭게 권응수에게 명을 내렸다.

"근위사단이 먼저 부대의 전개방법에 대해 설명하시오!"

"예, 전하."

일어난 권응수가 설명했다.

권응수가 설명을 마친 후에는 근위사단의 좌익을 맡은 강원사단과 우익을 맡은 경상사단의 사단장들이 차례로 설명했다.

그 날은 전술과 전략에 대한 상의로 하루를 다 보냈다.

다음 날 새벽, 조내관과 강문우의 목소리가 어렴풋이 들려왔다.

"전하는 주무시오?"

"급한 일이오?"

"왜군에 대한 일이오."

"잠시 기다리시오. 들어가서 기침하셨는지 알아보리다."

선잠이 들었던 이혼은 침상에서 내려와 신발을 찾아 신었다.

"들어오라 하시오."

"예, 전하."

대답한 조내관은 문을 열어 강문우를 들여보냈다.

강문우는 침상 위에 앉아있는 이혼을 보더니 바로 예를 차렸다.

"송구하옵니다."

"아니오. 한데 무슨 일이오?"

"왜군 선봉이 밀양에 도착한 사실을 보고하기 위해 왔사옵니다."

"밀양이라……. 곧 도착하겠군. 선봉은 누구요?"

"고니시 유키나카와 그의 사위 소 요시토시이옵니다."

"으음, 역시 그렇군. 얼른 가서 도원수에게 알려주시오."

"예, 전하."

예를 올린 강문우는 서둘러 이혼의 막사 옆에 있는 권율의 막사로 달려갔다. 이혼과 권율의 막사는 거의 붙어 있었다.

한숨을 내려 쉰 이혼은 강문우를 따라 들어온 조내관의 도움을 받아 용을 수놓은 검은색 비단철릭을 저고리 위에 걸쳤다.

야전에 나와서 용포 대신 철릭을 입는 것은 이혼의 오랜 습관이었다. 용포 보다는 철릭이 움직이기 훨씬 편했다. 이혼은 이어 동경에 얼굴을 비춰보았다. 다소 피곤해 보이는 얼굴이었다. 대구에 내려온 후에는 수면시간이 반으로 줄었다.

조내관은 용과 봉황을 조각한 화려한 동곳을 이혼의 상투에 꽂았다. 그리고 나선 망건(網巾)을 씌워 머리카락이 흘러내리지 않게 하였다. 의관을 갖춘 이혼은 허리에 검을 찼다.

장교들이 사용하는 환도와 규격은 거의 같지만 금과 은, 그리고 여러 종류의 보석으로 검갑을 장식한 화려한 어검(御劍)이었다. 무장을 마친 이혼은 밖으로 나와 흑룡 위에 올랐다.

그 순간, 도원수 권율의 막사에서 장수와 병사들이 나와 사방으로 흩어졌다. 작전이 성공하기 위해서는 적을 밀양에서 저지해야했다. 적이 대구로 올라오면 전역이 너무 넓어졌다.

갑옷을 입은 권율이 밖으로 나와 한쪽 무릎을 꿇었다.

"전하, 출병명령을 내려주시옵소서!"

"출병하시오!"

권율은 바로 근위사단과 경상사단, 강원사단에 전령을 보냈다.

그로부터 한 시간 후.

근위사단이 가장 먼저 대구 주둔지를 출발했다. 그리고 그와 동시에 경상사단과 강원사단이 근위사단의 좌우익을 맡아 밀양방면으로 행군하기 시작했다. 최배천의 강행정찰연대는 본대에 앞서 밀양 주변을 정찰하며 정보를 계속 보내왔다.

이혼은 금군청, 내시부와 함께 근위사단 중군에서 이동했다. 권율은 위험하다며 이혼이 대구에 남아있길 원했다. 그러나 이혼은 뒤에 숨어서 장계나 받을 성격이 결코 아니었다.

대군이 천왕산(天王山)과 화악산(華岳山)을 지났을 때였
다.

마침내 밀양 북서쪽에 위치해있는 가산저수지가 보였
다.

밀양읍성이 그야말로 코앞이었다.

그때였다.

"전령이오!"

전령 몇이 소리치며 근위사단 선봉을 맡은 1연대에 도
착했다.

1연대장 황진은 급히 말을 몰아 전령 앞을 막아섰다.

"어디서 온 놈들이냐?"

전령 중 장교로 보이는 자가 군례를 취하며 대답했다.

"저희들은 강행정찰연대 통신중대 소속 전령입니다!"

황진은 전령들의 복색을 자세히 살펴보며 다시 물었다.

"오늘 암구호가 무엇이냐?"

"동지팥죽입니다!"

"좋아! 통과해라!"

"감사합니다, 장군!"

전령들은 이내 1연대가 열어준 길을 통해 중군으로 달
려갔다.

황진은 전령이 만든 먼지가 바람에 실려 흩어지는 모습
을 보며 허리에 찬 환도 위에 손을 올렸다. 전령들이 오는

속도가 빨라지는 것으로 볼 때 곧 적과 조우할 가능성이 높았다.

"거북이 같은 놈들이 드디어 그물로 들어올 모양이군."

임진년에 쾌속하게 움직여 20일 만에 도성을 점령했던 고니시의 1번대는 무슨 바람이 불었는지 속도를 늦추며 최대한 천천히 전진하는 바람에 지켜보는 사람들의 애간장을 태웠다.

한데 그 기다림이 이젠 끝나가는 모양이었다.

황진의 예측은 정확했다.

곧 중군에 있는 사단장 권응수로부터 전령이 당도했다.

"적이 가산저수지 동쪽을 따라 올라오는 중이니 1연대는 가산저수지 서쪽에 있는 매안들로 이동해 대기하라는 명입니다."

"대기한 후에는?"

전령은 숨 돌릴 새도 없이 대답했다.

"본대가 교전에 돌입하면 적의 중군을 기습하라는 지시입니다!"

황진의 목소리가 점점 높아졌다.

"적이 우리의 매복을 알아채면?"

"매안들을 고지삼아 방어하라는 지시입니다!"

"알았다!"

전령을 돌려보낸 황진은 대대장을 불러 모아 명했다.

"전령이 하는 말, 모두 들었겠지?"

"예!"

"1대대, 2대대, 3대대, 5대대, 그리고 본부대대 순으로 이곳을 우회해 매안들로 곧장 올라가 매복한다! 시끄럽게 떠드는 놈이나, 대열에서 이탈하는 놈들은 그 자리에서 참하겠다!"

"예!"

"우리가 시야에서 빨리 사라져야 매복계획이 성공한다! 서둘러!"

"예!"

명을 받은 1대대부터 서쪽으로 우회해 매안들로 기어 올라갔다. 매안들은 저수지 옆에 튀어나와있는 작은 언덕이었는데 경사는 비교적 완만하였으며 주변에 풀이 무성히 자라 1대대의 이동을 적이 보낸 정찰병의 시야로부터 감춰주었다.

1대대를 시작으로 2대대, 3대대, 5대대, 그리고 황진이 직접 지휘하는 본부대대가 매안들 정상에 도착해 바짝 엎드렸다. 네 개 대대가 본부대대를 중심으로 매안들 정상에 원진을 짜서 매복한 모습을 본 황진은 동쪽으로 포복해 이동했다.

스윽!

어른허리까지 자란 풀을 헤치는 순간.

고니시 유키나카의 깃발을 휘날리는 1번대가 모습을 드러냈다. 1번대 1만5천명은 선봉이 3천, 중군이 7천이었다. 나머지 5천은 예비부대 겸 보급부대로 행렬 후미에서 치중(輜重)을 수레에 실은 채 중군의 뒤를 열심히 따라가는 중이었다.

왜군이 보급부대에 많은 수의 병사를 배치하는 것은 임진왜란을 겪는 동안, 익히 보아 와서 그리 신기한 일은 아니었다.

조선군은 사방에서 보급이 가능하지만 왜군의 경우에는 보급선이 차단당할 경우, 자체적인 수급이 필요해 출발할 때부터 이미 막대한 양의 보급품을 수레에 실어 같이 움직였다.

1번대는 강행정찰연대의 보고대로 가산저수지의 서쪽이 아니라, 동쪽에 붙어 북쪽으로 행군하는 중이었는데 그 덕분에 1연대는 적의 감시와 정찰에서 완전히 벗어날 수 있었다.

"너무 허술한데…… 정찰을 이리 소홀히 하다니."

그 순간.

옆에 있던 부관이 깜짝 놀라 보고했다.

"장군, 저길 보십시오! 놈들이 지름길로 들어섰습니다!"

"뭐?"

황진은 급히 풀숲 밖으로 고개를 내밀었다.

부관의 말 대로였다.

가산저수지 동쪽에 바짝 붙어 움직이던 왜군이 갑자기 산과 저수지 사이에 난 좁은 길로 들어서는 모습이 보였다. 그 길은 황진 역시 아는 길이었다. 대구로 가는 지름길이지만 길의 폭이 너무 협소해 대군이 움직이기에는 별로 좋지 않은 길이었다. 매복에 당하기에 좋은 지형이었던 것이다. 한데 고니시가 왜 그 지름길을 택했는지 알 도리가 없었다.

황진이 고니시의 의도를 의심할 무렵.

고니시가 갑자기 지름길 입구에 진채를 내리더니 미리 준비해둔 목책을 몇 겹으로 두르기 시작했다. 고니시가 예상한 경로에서 벗어나는 바람에 조선군의 대응에 혼선이 생겼다.

급히 지름길방향으로 진채를 옮기려는데 왜군은 오히려 양 쪽에 있는 숲에 들어가 불을 지르며 조선군의 이동을 방해했다. 불이 남쪽에서 북쪽으로 부는 바람에 조선군은 왜군의 이동을 저지하지 못한 채 오히려 뒤로 후퇴하기 시작했다.

황진은 지금 상황이 이해가지 않았다.

고니시의 작전이 의외이기는 하지만 본대가 대응하지 못할 리 없었다. 포병이 있는데 너무 속절없이 밀렸던 것이다.

그때였다.

뒤가 어수선해지더니 부관이 급히 달려왔다.

"본대의 전령입니다!"

"뭐라 하더냐?"

"경주로 우회한 왜군 3번대와 5번대가 강원사단을 협공하는 중이어서 본대는 지금 강원사단을 지원하는 중이라 합니다."

말이 끝나기 무섭게 멀리서 포성이 은은하게 들려왔다.

경주를 우회한 왜군 3번대와 5번대가 근위사단의 우익을 맡은 선거이의 강원사단을 협공해 위험한 지경에 처한 모양이었다. 본대는 급히 포병을 동쪽으로 돌려 강원사단을 지원하였는데 그 사이 고니시는 불을 질러 앞을 차단해 버렸다.

황진이 바닥에 주먹을 내리쳤다.

"빌어먹을, 이 수를 믿은 고니시가 그 동안 거북이처럼 움직인 모양이군! 그래, 사단에서 1연대에 내린 지시는 무엇이냐?"

"본대가 강원사단을 지원하는 동안……."

부관의 주저하는 모습을 본 황진이 재촉했다.

"괜찮으니 말해봐라."

"1연대가 고니시군을 그 자리에 계속 묶어두라는 지시입니다."

"지원은?"

"당분간 없을 듯합니다."

부관의 대답에 황진은 쓴웃음을 지었다.

"후후, 까라면 까야지. 별 수 있나. 지금부터 내 말을 잘 들어라."

황진은 부관에게 작전을 설명했다.

"이대로 해라. 알겠지?"

"알겠습니다. 한데 장군은?"

"나는 1, 2대대와 놈들을 이곳으로 유인하겠다."

대담한 황진은 1대대와 2대대를 불러 지름길 입구에 진채를 내린 고니시군의 후군을 향해 접근하기 시작했다. 고니시군의 후군은 5천에 달하지만 모두 예비대이거나, 치중을 운송하는 군속이어서 정규군이 아니었다. 1대대와 2대대는 다 합쳐도 천 명에 불과하지만 그렇게 걱정하지는 않았다.

1연대의 기습을 눈치 챈 고니시의 후군이 소란스러워지기 시작했다. 기강이 전혀 잡히지 않은 오합지졸의 모습이었다.

황진은 그 틈을 놓치지 않았다.

"1대대가 먼저 사격자세를 취해라! 2대대는 뒤에서 대기한다!"

명이 떨어지기 무섭게 1대대 병사들은 바닥에 엎드렸다.

이혼이 농협개혁에 전념하는 2년 동안, 근위사단 병사들은 도성 인근에 있는 훈련장에서 입에서 단내가 날만큼 훈련했다.

그 훈련의 효과가 신속한 움직임으로 드러났다.

"약실개방! 탄환장전!"

중대장의 외침에 바닥에 엎드린 병사들은 적을 향해 거치한 용아의 노리쇠손잡이를 당겨 약실을 열었다. 이어 탄띠 탄입대에서 신형 탄환을 꺼낸 병사들은 약실에 밀어 넣었다.

그야말로 물이 흐르는 듯한 장전이었다.

"약실폐쇄! 조준!"

뒤이어 들려온 명에 병사들은 당겨놓은 노리쇠손잡이를 옆으로 눕혀 앞으로 밀었다. 철컥하는 소리가 들리며 장전이 모두 끝났다. 병사들은 가늠쇠와 가늠자로 적을 조준하였다.

"발사!"

병사들은 즉시 방아쇠울에 걸어놓은 손가락을 힘껏 당겼다.

탕탕탕탕!

총구에 불꽃이 일며 신형 탄환이 허공을 무수히 갈랐다.

파파파팟!

치중물자를 실은 수레가 부서지며 근처에 있던 적들이

쓰러졌다. 병사들은 적이 쓰러지는 모습을 보지 않았다. 총성이 울린 직후, 바로 노리쇠손잡이를 당겨 약실을 다시 열었다.

총을 위로 살짝 기울이니 빈 탄피가 밀려나왔다. 빈 탄피를 탄입대에 넣은 병사들은 재빨리 새 탄환을 꺼내 장전했다.

철컥!

노리쇠손잡이를 옆으로 밀어 장전을 마치는 즉시, 다시 방아쇠를 당겼다. 흑색화약을 문약이나, 구약으로 사용하면 시야를 온통 연기가 가리는지라, 두 번째 사격부터 불편을 겪었다.

그러나 이혼이 만든 무연화약은 말 그대로 연기가 생기지 않았다. 무연이라 해서 연기가 완전히 없다는 말은 아니지만 흑색화약에 비해 확연히 줄어든 모습을 확인할 수 있었다.

탕탕탕!

두 번째 사격을 마치는 순간.

왜군 후군 최후방은 초토화를 당해 살아 움직이는 자가 없었다.

1대대가 두 차례의 사격을 모두 마치는 데에는 불과 20초가 걸리지 않았다. 전에 사용하던 조총은 한 발을 장전해 발사하는데 최소 20초 이상이 걸린다는 점을 생각해보

앉을 때 거의 배 이상 빨라진 속도였다. 두 차례의 사격을 받은 후에야 고니시의 후군은 반격하기 위한 준비에 들어갔다.

한데 무언가 이상했다.

오합지졸과 다름없는 후군이 두 차례의 사격에 큰 피해를 입어 흩어질 줄 알았다. 그러나 고니시의 후군은 황진의 예상과 다르게 피해를 빠르게 수습했다. 그리곤 수레에 숨겨두었던 조총과 창, 활 등을 꺼내 서둘러 무장하기 시작했다.

장교 하나의 입에서 비명과 같은 고함이 터져 나왔다.

"속았다! 놈들은 후군이 아니야! 왜군 주력이다!"

고니시의 주력이 후군으로 위장해있었던 것이다. 이윽고 기병 수백 명이 후군에 합류하니 무시 못 할 전력으로 거듭났다.

황진의 머릿속에 붉은색 경고등이 들어왔다.

2장. 왜군의 새로운 전술

光海錄

2장. 왜군의 새로운 전술

　최소 4천 이상의 후군이, 아니 고니시의 주력으로 보이
는 대군이 사격을 마친 1대대를 향해 물밀 듯 밀려오기 시
작했다.

　"1대대는 후퇴해라!"

　황진의 명령에 자리에서 일어난 1대대가 몸을 돌려 도
망치기 시작했다. 그 사이 접근한 왜군 조총부대가 사격을
가했다.

　도망치던 1대대 병사 몇이 조총의 탄환에 맞아 나뒹굴
었다.

　황진은 화가 나 소리쳤다.

　"2대대 뭐하느냐! 어서 1대대를 엄호하라!"

그 즉시, 대기하던 2대대가 달려와 용아를 발사했다.

2대대 병사들은 선 자세에서 연신 방아쇠를 당겼다.

탕탕탕!

총성이 울리며 조총을 쏜 왜군이 바닥에 쓰러졌다.

그러나 왜군의 숫자는 4천이 넘었다.

수십 명을 쓰러트려서는 간에 기별조차 가지 않았다.

왜군 선두에서 달려오던 기병대가 벌써 2연대 정면에 이르렀다. 날을 세운 창날이 햇볕을 받아 쉼 없이 번쩍였다. 황진은 죽폭에 불을 붙여 던지며 2대대에게 후퇴를 명했다.

펑펑펑!

죽폭이 연달아 터지며 일대 전체에 하얀 연기가 치솟았다. 죽폭은 다른 화약무기와 달리 여전히 흑색화약으로 만들었다. 그래서 짙은 연기를 내뿜으며 위장효과를 연출하였다.

그 틈에 후퇴한 2대대는 1대대 뒤로 돌아가 다시 장전했다. 그리고 1대대는 2대대를 엄호하기 위해 장전한 채 기다렸다. 죽폭이 만든 연기를 뚫은 왜군은 1대대 병사들이 앞으로 내민 총구를 보더니 사방으로 흩어졌다. 그러나 1대대의 사격이 더 빨랐다. 그 즉시, 탄환 수백 발이 허공을 가르며 왜군 선두에서 돌진해오던 기병대에 큰 피해를 입혔다.

탄환이 머리에 박힌 군마가 엎어지며 그 뒤에서 따라오던 대여섯 명의 기병을 같이 황천길로 대동했다. 더구나 기병대, 즉 기마무사들은 아시가루에 비해 튼튼한 갑옷을 입기 마련인데 1, 200미터 거리에서조차 맞으면 갑옷이 뚫렸다.

가슴과 머리, 그리고 팔다리에 탄환이 박힌 왜군 기병대 병사들은 피를 쏟으며 군마에서 떨어지거나, 군마와 같이 굴렀다.

왜군 기병대는 크게 당황했다.

조총은 유효사거리는 80미터를 넘지 않았다. 즉, 80미터 밖에서는 명중을 당하손 치더라도 갑옷을 완전히 뚫지 못해 안전했다. 한데 용아로 발사한 탄환은 그 두 배의 거리에서 발사해도 두꺼운 갑옷을 완전히 관통하는 위력을 선보였다.

용아에 적용한 강선 덕분이었다.

황진은 생각보다 강한 용아의 위력에 깜짝 놀랐다.

이천읍성에서 김명원의 조정군을 상대로 한번 사용해본 적은 있지만 부대 전체를 용아로 무장한 것은 최근의 일이었다.

이제 조선군에는 용아를 사용하는 소총 보병 외에 다른 무기를 사용하는 보병은 없었다. 또, 기병 역시 자취를 감추었으며 병사들이 입던 무거운 갑옷은 녹색과 검은색을 섞은 위장복과 상체와 머리를 보호하는 철모와 방탄조끼로 변했다.

육박전이 벌어질 경우에는 다른 무기를 꺼내는 대신, 허리에 찬 총검을 뽑아 용아에 부착해 싸웠다. 총이 창을 대신하는 셈으로 중세보병에서 근대보병으로 진화했다는 의미였다.

장수들은 이혼의 갑작스러운 개혁에 불안을 느꼈다.

그들이 아는 보병이란 긴 창을 앞세우거나, 아니면 검과 방패를 든 보병이 주를 이루었다. 거기에 궁병과 기병, 임진왜란 후에는 조총병을 더한 게 바로 보병의 주요 구성이었다.

한데 이혼은 모든 보직을 용아를 든 소총병으로 통일해 버렸다.

장수들은 이러한 구성에 불만을 가졌다. 그러나 그들은 이혼의 명을 거역할 명분이 없었다. 그저 왜군의 이번 재침략을 통해 새로운 보병구성으로는 적을 당해낼 수 없다는 사실을 깨달아 다시 예전 방식으로 돌아가길 원할 뿐이었다.

황진 역시 불만을 가진 쪽에 속했다. 임진왜란에서 효과를 톡톡히 본 삼수병체제를 없애면 불리할 거라는 생각을 하였다.

또, 이혼이 지급하는 철모와 군복, 방탄조끼 등에 불만을 가져 그는 여전히 임진왜란 때 착용하던 화려한 두정갑을 입었다. 두정갑이 무겁긴 하지만 적의 공격을 막아내는 데는 탁월해 병사가 입는 철모나, 방탄조끼에 비할 바 아니었다.

그러나 지금 보니 자신의 생각이 틀렸다는 사실을 인정해야할 거 같았다. 전에는 교전 거리가 활의 유효사거리에 들어가는 150미터부터였다면 지금은 거의 200미터에 육박했다.

200미터거리에 서있는 그는 눈 먼 탄환이나, 화살 외에는 두려울 게 없었다. 황진은 1대대와 2대대가 번갈아가며 사격하게 만들어 왜군의 추격을 먼저 분쇄했다. 그러면서 동시에 매안들방향으로 후퇴하여 왜군을 점차 유인하기 시작했다.

왜군은 적보다 앞서는 유일한 이점, 즉 병사의 수를 이용하기 위해 사방에서 몰아치며 매안들방향으로 몰아갔다. 상대의 무기가 자신들보다 강하기는 하지만 매안들에 몰아넣은 다음, 총공격을 가하면 어렵지 않게 승리할 것으로 보았다.

더구나 조선군 본대는 3번대, 5번대가 강원사단을 협공하는 바람에 그쪽에 전력을 집중하는 중이었다. 강원사단이 무너지면 근위사단은 측면을 노출당해 그곳부터 막아야했다.

이는 마에다 도시이에가 근위사단을 제거하기 위해 세운 작전의 일환으로 처음부터 정교하게 맞물려 돌아가며 왜군에게 일단 승기를 안겨주었다. 근위사단의 위력은 왜군 영주들이 더 잘 알았다. 그래서 근위사단을 없애지 않으면 이번 전쟁에서 승리할 수 없다는 것을 모든 영주들이 알았다.

매안들에 있는 왜군 지휘는 소 요시토시가 하였다. 소 요시토시는 고개를 돌려 본대에 있는 고니시 유키나카를 찾았다.

숲에 불을 질러 근위사단의 남하를 차단한 고니시 유키나카는 소 요시토시의 뒤를 따라 저수지를 우회하는 중이었다.

여기까지는 작전대로였다.

선봉을 맡은 줄 알았던 소 요시토시가 실제로는 후군의 치중부대로 위장해 뒤에서 대기하다가 적이 매복이나, 유인작전을 펼쳐 후군을 공격해오면 그 즉시 달려 나가 적의 별동대를 격파하는 게 장인과 사위가 세운 첫 번째 작전이었다.

그리고 두 번째 작전은 소 요시토시가 다시 선봉으로 변해 저수지 왼쪽을 우회하는 거였으며 마지막 세 번째 작전은 그대로 방어가 빈 근위사단 왼쪽을 기습하여 3번대, 5번대와 함께 양쪽에서 근위사단을 공격해 전멸시키는 것이었다.

즉, 소 요시토시가 매안들로 달려가는 것은 황진의 유인계에 당해서가 아니라, 오히려 상대의 유인계를 이용하는 작전이었던 것이다. 설령 소 요시토시가 상대의 유인계에 걸려 곤란을 겪더라도 뒤에서 따라오는 고니시 유키나카의 대군에 걸리면 버티지 못할 게 분명해 앞뒤로 완벽한 계획이었다.

소 요시토시는 부하들에게 명을 내렸다.

"마치 유인작전에 당해 끌려가는 거처럼 행동해라!"

"옛!"

왜군은 만반의 준비를 갖춘 채 매안들로 나아갔다.

왜군은 대나무방패를 앞세워 1대대와 2대대 병사들이 발사하는 용아의 탄환을 막았다. 용아의 탄환 중 일부는 대나무방패를 관통해 뒤에 있는 왜군에게 큰 피해를 주었지만 대나무방패가 워낙 두꺼워 반 이상은 관통하는데 실패했다.

왜군은 대나무방패 뒤에서 조총과 활을 쏘며 거리를 좁히려 애썼다. 마침내 보병이 진격할 수 있는 거리에 이르는 순간, 소 요시토시의 명에 의해 병사들이 돌격하기 시작했다.

"와아아!"

함성을 지른 왜군은 매안들로 올라가며 장창을 사방에 찔러갔다. 걸음이 늦은 조선군 병사 몇이 피를 흘리며 쓰러졌다.

매안들 정상으로 달려가던 황진은 미끄러져 쓰러지는 부하를 잡아 밀어 올렸다. 그 사이, 왜군은 코앞까지 당도했다. 왜군이 쏜 화살을 환도로 쳐낸 황진은 몸을 옆으로 돌렸다.

촤악!

두정갑이 잘리며 천 조각이 사방으로 휘날렸다.

황진은 급히 돌아서서 부관에게 소리쳤다.

"터트려라!"

초조하게 지켜보던 부관은 그 즉시 횃불로 도화선에 불을 붙였다. 치익 소리를 내며 타들어가던 도화선은 이내 미리 설치해놓은 용염에 불을 붙였다. 그 순간, 천지가 진동하는 굉음이 울리며 엄청난 양의 화염이 왜군에게 쏟아져갔다.

콰콰쾅!

산하가 진동하는 굉음이 연속으로 울리며 용염에 든 작은 쇠구슬이 산탄처럼 전방으로 퍼져가 왜군의 몸에 구멍을 뚫었다. 용염 역시 이혼이 개발한 싱글베이스 무연화약을 사용해 위력이 전보다 강했다. 그래서 왜군 수십 명이 당했다.

황진은 후폭풍을 피하기 위해 엎드려 있다가 고개를 뒤로 돌렸다. 검은 연기와 붉은 재, 그리고 사람의 육신이 타들어가는 노린내가 코를 찔렀다. 황진은 자신도 모르는 사이에 고인 침을 꿀꺽 삼켰다. 이런 위력일 줄은 예상하지 못했다.

용염을 시험할 때 참관한 적은 있지만 그때는 거리가 멀었다. 한데 지금은 불과 몇 미터 앞에서 터진지라, 내장이 흔들려 구역질이 치밀 지경이었다. 용염이 자신을 향해 터졌을 때를 상상한 황진은 등골이 오싹해져 말을 잊지 못했다.

부관이 달려와 물었다.

"매복을 발동시킬까요?"

"아, 그리하게."

"예, 장군."

대답한 부관은 호각을 불어 매복을 발동시켰다.

뿌우우!

그 즉시, 매안들 양쪽에 매복해 있던 3대대와 5대대가 숲에서 뛰쳐나와 용염에 당해 정신을 차리지 못하는 왜군에게 용아를 쏘기 시작했다. 콩을 볶는 거 같은 총성이 어지럽게 들리더니 매안들로 올라오던 왜군이 피투성이로 변했다.

정신을 차린 황진은 후퇴한 1대대와 2대대를 불렀다.

"협공해라!"

"예!"

용염의 후폭풍을 피해 도망쳤던 1대대와 2대대가 산에서 내려와 3대대, 5대대와 함께 세 방향에서 몰아치기 시작했다.

손을 등 뒤로 뻗었던 황진은 이내 어색한 미소를 지었다. 등에 있어야할 활과 화살 통이 손에 잡히지 않았다. 이혼은 궁술이 몸을 단련하는 기예로 남길 원해 전장에서는 사용을 금지했다. 활이 편하다는 이유로 계속 사용하다가는 정작 용아의 사용을 등한하시는 경우가 생길 수 있었던 것이다.

황진의 소총사격술은 괜찮은 편에 속했다.

"용아를 다오."

"여기 있습니다."

부관에게서 용아를 받은 황진은 노리쇠손잡이를 당겨 약실을 열었다. 그리곤 탄입대에서 새 탄환을 꺼내 약실에 넣었다.

황진은 노리쇠손잡이를 눕혀 앞으로 밀었다. 그 순간, 약실의 폐쇄돌기가 맞물려 돌아가며 철컥하는 소리가 들려왔다.

선 자세에서 왼 팔로 총신을 받친 황진은 가늠쇠와 가늠자로 적을 한 명 겨누었다. 군마에 탄 채, 도망치는 부하들에게 싸우라 독려하는 왜장이었다. 거리는 200미터가 넘었다.

황진은 조준하기 무섭게 방아쇠를 당겼다.

타앙!

날카로운 총성이 귀를 먹먹하게 만들었다.

용아를 내린 황진은 왜장이 말에서 떨어지는 모습이 보였다.

명중한 것이다.

옆에 있던 부관이 소리쳤다.

"장군, 적장이 쓰러졌습니다!"

"좋아! 죽폭을 던져라!"

"예!"

잠시 후, 매안들 위에서 왜군을 향해 죽폭이 날아갔다.

펑펑펑펑!

연주포가 터지듯 폭음이 연이어 울리더니 하얀 연기를 매안들 입구를 뒤덮었다. 더욱이 지금은 바람이 없어 더 짙었다.

"지금이다! 1대대와 2대대는 총검으로 왜놈들을 쓸어버려라!"

"옛!"

대담한 부관은 황진의 명을 1대대와 2대대에 전했다.

얼마 지나지 않아 함성소리가 들리며 매안들 밑으로 돌격한 병사들이 당황해 흩어지는 왜군에게 장전한 탄환을 쏘았다.

탕탕탕!

달리면서 쏘았음에도 왜군에게 상당한 피해를 입혔다.

왜군의 장창부대는 이번 사격으로 거의 궤멸에 가까운 타격을 입었다. 1대대와 2대대 병사들은 왜군 장창부대를 지나 더 안으로 뛰어들며 총검으로 돌아서는 왜군 등을 찔러갔다.

푸욱!

총검의 날에 베어 떨어져나간 살점이 후두둑 소리를 내었다.

"여기 적장이 있다!"

소리친 병사들은 화려한 갑옷을 입은 적장을 둘러맨 채 매안들 정상으로 돌아왔다. 적장이 꽤 중요한 인물인 듯 왜군이 죽음을 각오한 채 달려들어 적장을 구하려하였다. 그러나 대기하던 3대대와 5연대의 집중사격에 말려 실패하였다.

황진은 부관이 데려온 적장을 살펴보았다.

공교롭게도 황진이 용아로 쏘아 맞힌 그 적장이었다.

황진은 죽은 사람처럼 누워있는 적장을 보며 부관에게 물었다.

"죽었느냐?"

"탄환이 머리를 스친 충격으로 기절한 듯 보입니다."

"으음, 이 자의 낯이 왠지 낯설지가 않군."

옆에 있던 부관이 적장의 투구를 벗기더니 앗 비명을 질렀다.

"이 자는 소 요시토시입니다!"

"소 요시토시라면 대마도주말인가?"

"예, 장군. 몇 년 전 창원에서 본 적이 있습니다."

"오, 그렇다면 잘 감춰둬라."

"예, 장군."

소 요시토시는 기절한 채 포박당해 뒤로 끌려갔다.

소 요시토시가 지휘하던 선봉이 궤멸당하기 무섭게 고니시 유키나카가 지휘하는 1번대 본대가 매안들에 도착했다. 고니시 유키나카는 최대한 빨리 우회하여 따라붙었다. 소 요시토시는 부하이기 이전에 같은 길을 걷는 동반자였으며 사랑하는 딸의 사위였다. 사위를 지원하기 위해 전속력으로 달려왔음에도 사위의 선봉은 궤멸당해 흩어지는 중이었다.

사위가 이끈 병력은 거의 4천이었다. 그런 병력이 불과 3, 40분 만에 궤멸 당했다는 말은 적의 전력이 좋다는 의미였다.

고니시 유키나카는 고민했다.

패배를 인정한 채 물러서는 것은 쉬웠다. 사위의 행방을 몰라 애가 타기는 하지만 병력을 잃으면 그야말로 큰일이었다.

그러나 물러설 경우, 이는 마에다 도시이에의 명을 거역하는 셈이었다. 마에다 도시이에는 분명, 작전을 세울 때 매안들을 우회해 근위사단 좌측을 기습하라는 지시를 내렸었다.

고민은 길지 않았다.

고니시 유키나카는 비명을 지르듯 소리쳤다.

"쳐라!"

그 즉시, 8천의 왜군이 수십 개의 부대로 쪼개져 매안들로 진격하기 시작했다. 8천이란 숫자는 생각보다 엄청나서 작은 매안들로 진격하기에는 그 수가 너무 많았다. 그래서 많게는 천 명, 적게는 몇 백 명으로 잘게 쪼개져 산을 올랐다.

그 사이, 정상으로 올라온 황진은 해 가리개를 만들어 산 아래를 내려다보았다. 등에 작은 깃발을 꽂은 수천 명의 왜군이 일제히 움직이는 모습은 그야말로 장관이 따로 없었다.

황진의 시선이 산 아래를 지나 매안들 입구로 향했다.

그곳엔 하타모토부대가 든 군기가 바람에 펄럭이는 중이었다.

저곳 어딘가에 1번대 주장 고니시 유키나카가 있을 것이다.

황진은 고개를 돌려 옆을 보았다.

부하들은 크게 두 부류로 나뉘어있었다. 먼저 한 부류는 1연대의 몇 배의 해당하는 적의 모습에 겁을 먹은 병사들이었다.

그들은 대부분 임진왜란 종전 후에 입대한 자들이었다.

임진왜란의 종전과 동시에 근위사단의 병사들은 두 가지 길 중 하나를 필수적으로 선택해야했다. 하나는 노고에 대한 대가로 주어지는 얼마간의 퇴직금을 받아서 고향에 돌아가 가족들과 같이 사는 길이었다. 그리고 다른 하나는 군에 계속 남는 길이었다. 이혼은 병사들이 자유롭게 선택하도록 해주었는데 4할 가량이 고향으로 돌아가는 길을 택했다.

4할이 빈 편제는 모병을 통해 채웠다. 병사에게는 상당한 양의 녹봉이 주어지기에 인기가 높아 금세 편제를 다 채웠다.

적의 대군에 놀란 병사들은 바로 후에 입대한 보충병들이었다.

반면, 임진왜란 때부터 이혼과 같이 싸워온 노병들은 전혀 두려워하지 않았다. 이런 싸움을 너무 많이 해 이미 익숙했다.

겁을 먹기는커녕, 오히려 투지가 잔뜩 솟아올랐다.

황진은 피가 묻은 환도를 하늘에 찌를 듯 치켜세웠다.

"우리는 무적의 근위사단이다!"

"와아아!"

그 즉시, 산하를 떨어 울리는 함성이 터져 나왔다.

병사들은 이내 2년 동안 연습한 고지 방어전을 실전에 적용했다. 시간이 없어 참호는 파지 못했지만 매안들에 자

란 풀과 나무를 엄폐물로 삼아 올라오는 왜군을 저격하였
다. 거리가 멀면 용아로, 거리가 가까우면 죽폭을 굴려 보
냈다.

펑펑!

죽폭이 터지며 매안들 곳곳에서 연기가 뿌옇게 올라왔
다. 그 사이, 1연대 병사들은 정상으로 후퇴하거나, 아니면
앞으로 나아가 시야가 제한당한 왜군을 몰래 기습해 쓰러
트렸다.

1연대가 사용한 전술은 효과가 아주 좋았다.

왜군은 10미터를 전진하기 위해 수십 명의 병력을 희생
했다. 그러나 왜군의 숫자가 너무 많은 게 문제라면 문제
였다. 왜군은 병력을 희생하며 매안들 정상을 끈질기게
노렸다.

거의 정상까지 밀린 황진은 탄입대를 열어 탄환을 찾았
다. 그러나 손에 잡히는 탄환이 없었다. 옆에 있는 탄입대
를 열어 찾아보았으나 마찬가지였다. 빈 탄피만 몇 개 잡
혔다.

황진은 부관을 불렀다.

"탄환의 재고는 어떤가?"

부관은 왜군이 쏘아대는 조총을 피하기 위해 바짝 엎드
렸다.

"몇, 몇 개 남지 않았습니다."

"본부대대가 가져온 예비 탄환이 있지 않은가?"

"이미 떨어진지 오래입니다, 장군!"

부관의 대답에 황진은 입술을 잘근 씹었다.

"죽폭은 얼마나 남았느냐?"

"한, 두 번 쓸 양이 남아있습니다."

"그럼 왜군의 다음 번 돌격 때 남은 죽폭을 모두 던져버려라!"

"그 다음에는 어찌합니까?"

"뭘 어쩌긴 어째. 착검하고 끝장을 봐야지."

황진의 호통에 부관은 황급히 대답했다.

"알, 알겠습니다."

부관은 전령을 불러 각 대대에 황진의 명을 전했다.

그 순간, 와하는 함성이 들리며 왜의 대군이 다시 돌격해왔다.

"저 놈들은 지치지도 않나."

전우의 시체를 밟아가며 전진한 왜군은 매안들 정상까지 진격해 조총을 쏘거나, 아니면 활을 쏘아 보병을 엄호했다. 그리고 그 사이, 왜군이 자랑하는 장창부대가 사무라이를 선두로 달려와 고지를 방어하는 1연대를 직접 공격하였다.

창에 가슴을 찔린 병사가 넘어졌다가 벌떡 일어났다. 군복 위에 방탄조끼를 입어서 가까운 거리에서 조총을 맞지

않는 이상에는 가슴을 찔러서는 조선군 병사를 쓰러트리
지 못했다.

"죽폭을 던져라!"

황진의 신호에 병사들은 마지막 남은 죽폭에 불을 붙여
던졌다.

치익소리를 내며 굴러가던 죽폭이 하나둘 터지기 시작
했다. 뭉게구름처럼 연기를 뿜어내던 죽폭은 이내 사방으
로 쇳조각을 뿜어냈다. 근처에 있던 왜군 병사들이 바닥을
굴렀다.

마지막 남은 죽폭을 사용한 병사들은 얼마 남지 않은 탄
환마저 모두 왜군에게 쏟아 부었다. 그리곤 더 이상 사용
할 무기가 없자 총검을 용아에 착검해 덮쳐오는 왜군을 찔
렀다.

전선은 뒤죽박죽이어서 연대장 황진마저 환도를 휘두르
며 왜군에 맞서갔다. 왜군의 장창은 3미터를 넘었다. 그에
비해 황진의 환도는 길어봐야 1미터50센터였다. 그나마
최근 들어 길어지기는 했지만 왜군의 장창과 비교하긴 어
려웠다.

무기는 길수록 유리했다.

그렇다면 당연히 왜군이 황진보다 훨씬 유리한 고지를
선점한 채 공격이 가능해 그의 목숨은 바람 앞의 촛불 신
세였다.

그러나 황진은 경험이 많은 노련한 장수였다.

장창의 유일한 약점, 즉 좌우 회전이 쉽지 않다는 점을 즉각 활용해 칼로 호구를 방어하며 왜군의 왼쪽으로 뛰어들었다.

사람은 오른손잡이가 왼손잡이보다 훨씬 많았다. 훈련을 통해 오른손과 왼손을 거의 차이 없이 사용하는 사람들이 있다곤 하지만 그들은 극히 적어 전장에서 만날 확률이 없었다.

오른손잡이는 당연히 오른쪽에서 왼쪽으로 움직이는 게 더 편해 손에 쥔 창 역시 오른쪽에서 왼쪽으로 찌르는 게 더 빠르며 강력했다. 그런 상황에서 왜군의 왼쪽으로 뛰어든다면 왜군은 오른쪽에서 왼쪽으로 바로 창끝을 돌릴 수 있었다.

그러나 그 반대는 어려웠다. 즉, 왜군의 오른쪽으로 뛰어드는 경우였다. 왼쪽에서 오른쪽으로 창끝을 돌리는 데는 시간이 더 필요하며 힘도 약했다. 그게 오른손잡이의 특성이며 적을 상대할 때 기본적으로 알아야하는 사항에 속했다.

이를 누구보다 잘 아는 황진은 왜군의 오른쪽으로 힘껏 뛰어들며 수중의 환도를 두 손으로 잡아 머리에 냅다 휘둘렀다.

황진의 노림수는 정확히 맞아떨어졌다.

왜군은 황진을 막기 위해 급히 손에 쥔 창을 왼쪽에서 오른쪽으로 비틀었으나 속도가 느려 그의 접근을 허용했다. 창의 길이 안이라면 오히려 지금부터는 황진이 훨씬 더 유리했다.

왜군은 급히 몸을 수그려 황진의 환도를 피해냈다.

그 모습을 본 황진은 기다렸다는 듯 왜군의 시야에서 멀어지는 창대를 잡아 겨드랑이에 단단히 끼웠다. 왜군은 힘을 주어 빼내려하였지만 황진의 완력을 감당하기에는 힘들었다.

최후의 방법은 창대를 놓는 것이었다.

왜군은 급히 물러서며 손에 쥔 창대를 황진에게 던졌다.

창을 빼앗은 황진은 환도를 두 손으로 내리쳤다.

몸을 돌리던 왜군의 등이 일자로 벌어지며 피가 용솟음쳤다.

매안들 밑으로 떨어지는 왜군을 보며 황진은 빼앗은 장창을 사방에 휘둘렀다. 그의 창 솜씨는 신기에 가까워 왜군 장창부대에 못지않았다. 아니, 힘과 속도는 훨씬 더 뛰어났다.

연거푸 세 명을 더 때려눕힌 황진은 거친 숨을 몰아 쉬웠다.

두정갑의 방어력이 좋기는, 하지만 무거워서 쉽게 지치는 단점이 있었다. 숨을 가다듬은 황진은 위로 올라가 전선을 살펴보았다. 어떤 곳은 방어가 뚫리기 직전이었다. 또, 어떤 곳은 예상보다 잘 막아내 자리를 철저히 고수 중이었다.

"본부대대 병사들은 좌측의 1대대를 지원해라!"

"예!"

그 즉시, 연대사령부에서 지원임무를 맡던 본부대대 병사들이 1대대를 지원하기 위해 왼쪽으로 내려갔다. 이런 상황에서 병력을 남겨두는 것은 바보 같은 짓이나 다름없었다.

황진은 후퇴할 생각이 애초에 없었다.

만약, 후퇴한다면 왜군의 조총이나, 활에 원거리공격을 당할 위험이 커서 오히려 피해가 커졌다. 이처럼 뒤섞인 채 육박전을 벌이는 경우에는 왜군 역시 원거리공격을 쉽게 하지 못했다. 같은 편을 죽이는 불상사를 두려워하는 것이다.

"버텨라! 곧 지원군이 온다!"

독려하는 황진조차 자신의 말에 실현성이 없다는 사실을 알았다. 강원사단을 치는 왜군 3번대와 5번대의 숫자가 얼마인지는 정확히 모르지만 상당한 숫자일 것은 분명해 보였다.

그런 상황에서 3번대와 5번대를 제압한 근위사단 본대가 이곳 매안들로 지원 오려면 최소한 하루 이상의 시간이 걸렸다.

"우리는 매안들을 우리의 묏자리로 삼아 끝까지 항전한다! 육신은 쓰러져도 명예는 잃지 말자! 1연대여, 계속 공격해라!"

황진이 피를 토해가며 한 독려덕분인지, 아니면 단순히 1연대의 근성이 강해서인지는 모르겠지만 왜군은 세 시간 넘게 공격을 했음에도 매안들 정상을 끝내 돌파해내지 못했다.

이제 몸이 단 쪽은 고니시 유키나카였다.

쉽지 않을 거라 예상하기는 했지만 이렇게 고전하리라고는 누구도 예상하지 못했다. 적의 세 배가 넘는 병력으로 기세 좋게 공격할 때는 금방 고지를 점령할 줄 알았다. 그러나 결국 실패했을 뿐 아니라, 천 명이 넘는 병사가 전사했다.

이래서는 설령 매안들을 점령해 근위사단의 뒤를 기습한다손 쳐도 제대로 싸우지 못할 위험성마저 있었다. 고니시 유키나카는 하늘을 보았다. 저녁노을이 하늘을 점차 붉게 물들이는 중이었다. 그 말은 싸울 수 있는 시간이 얼마 남지 않았다는 말과 다름없어 고니시 유키나카는 승부수를 띄웠다.

상대가 그 무서운 조총을 사용하지 못한다면 승산은 충분했다.

고니시 유키나카는 곧바로 가신단과 근위시동, 그리고

자신을 호위하던 하타모토부대까지 전부 매안들 위로 올려 보냈다.

그야말로 총력전이었다.

석양 속에서 매안들 위로 진격해오는 왜군 수천 명의 모습은 장관을 이루어 황진은 자신의 처지를 잊은 사람처럼 감탄성을 터트렸다. 그러나 현실로 돌아오는 데는 많은 시간이 필요 없었다. 저 왜군이 노리는 것은 결국 그 자신이었다.

"흥분하지마라! 차분해야한다! 이것이 적의 마지막 공격이다! 이 공격만 막아내면 오늘 밤에는 별을 보며 쉴 수 있다!"

황진은 성급하게 나서는 병사들을 꾸짖으며 자리를 지키게 하였다. 밤에는 아군과 적군을 구분하기 어려운 만큼, 이번 공격만 막아내면 밤에는 지금보단 훨씬 편하게 쉴 수 있었다.

1연대 병사들은 바닥에 떨어진 돌이나, 나무를 주워 던져가며 어떻게든 왜군의 접근을 차단하려 애썼다. 그러나 이번에는 왜군 역시 전력을 다 동원한지라, 기세가 만만치 않았다.

곧 전선 곳곳에서 치열한 백병전이 벌어졌다.

왜군은 끊임없이 밀려와 1연대를 점점 밀어내기 시작했다. 1연대는 기가 질려 점점 후퇴하기 시작했다. 죽을힘을 다해 적을 쓰러트려도 숨 한 번 제대로 고르기 전에 새로운 적이 자리를 채워 지칠 대로 지친 1연대 병사들을 괴롭혔다.

"3대대 후퇴합니다!"

부관의 보고에 황진은 버럭 소리쳤다.

"2대대 1중대를 보내 지원해라! 절대 고지를 잃어선 안된다!"

"앗, 2중대 1대대가 기동 중에 큰 피해를 입어 와해중입니다!"

"부관이 직접 가서 지원해라!"

"소관이 말입니까?"

"거기가 밀리면 전선 전체가 위험해진다!"

"알겠습니다!"

대답한 부관은 본부대대 병력 일부와 함께 1대대를 지원하러 떠났다. 전선을 지휘하던 황진은 노을을 반사한 왜도 하나가 등을 갈라오는 모습을 보았다. 환도로 막기에는 이미 늦어 옆으로 몸을 날려선 두 바퀴를 구른 후에야 일어섰다.

눈앞에 갑옷을 잘 차려입은 사무라이 하나가 서있었다.

왜도를 잡은 자세가 예사롭지 않은 게 고니시 유키나카의 중신으로 보였다. 사무라이는 왜국 말로 몇 마디 소리치더니 곧장 달려와 수중의 왜도를 힘차게 찔러왔다. 황진은 환도로 막았다. 캉하는 소리가 나며 왜도가 옆으로 빗나갔다.

황진이 다시 자세를 잡으려는 순간.

왜도를 회수한 사무라이가 돌아서며 허리를 베어왔다. 섬광을 방불케 하는 연격이어서 황진은 화들짝 놀라 물러섰다.

촤악!

허리를 두정갑이 잘리며 가죽이 뜯겨졌다.

빨리 피해 다행이지 조금만 늦었으면 황천길로 떠났을 것이다.

"이 놈이!"

버럭 소리를 지른 황진은 두 손으로 환도를 냅다 내리쳤다.

캉!

사무라이는 급히 막았다. 그러나 그는 황진의 완력을 제대로 계산하지 못했다. 힘을 주어 내려친 환도를 재빨리 막기는 했으나 그 바람에 오히려 왜도가 뒤로 밀려 어깨에 박혔다.

"크악!"

굳게 닫혀 있던 사무라이 입에서 처음 나온 말은 신음이었다.

황진은 환도를 들며 가슴을 걷어찼다.

퍽!

가슴을 차인 사무라이가 쓰러지는 순간.

몸을 날린 황진은 칼을 사무라이 목에 찔러 넣었다.

푹!

칼이 목에 박힌 사무라이의 입에서 피거품이 잔뜩 흘러 나왔다.

칼을 비틀어 뽑은 황진은 급히 뒤로 물러섰다.

그가 있던 자리에 장창 세 개가 거의 동시에 박혔다.

황진은 왜군의 추가공격을 피해 원래 있던 자리로 돌아 갔다.

이미 본부대대까지 적이 밀려들어와 적과 아군을 구분 할 방법이 없었다. 등을 맞댄 사람이 처음에는 아군인지 알았다가 나중에야 그게 적임을 알고 깜짝 놀라는 일마저 있었다.

황진은 무거운 몸을 일으켜 세워 적에게 계속 맞서갔다.

이제 해는 거의 다 졌다.

서쪽에 잠깐 남은 빛이 사라지면 이젠 주위는 칠흑처럼 어두워질 테니 그때부터는 어둠을 방패삼아 칼을 피할 수 있었다.

황진은 몸이 점점 둔해지는 느낌을 받았다.

부모님께 훌륭한 신체를 물려받은 것은 항상 감사하는 일이었다. 그러나 한계란 게 있었다. 시간이 지날수록 지치는 속도는 정비례가 아니라, 두 배, 네 배, 여덟 배로 지쳐갔다.

캉!

황진은 손을 떠나 허공으로 날아가는 환도를 물끄러미 보았다. 악력이 떨어져 이젠 칼을 잡을 힘조차 남아있지 않았다.

황진이 이럴진대 다른 병사들이야 두 말하면 입이 아플 지경이었다. 여기저기서 고통에 찬 신음소리가 계속해 들려왔다.

쉬익!

가슴을 찔러오는 왜군의 창을 본 황진은 본능적으로 몸을 날려 피했다. 팔뚝의 갑옷이 잘려나가며 피가 언뜻 보였다.

쓰러진 황진에게 달려든 왜군 하나가 창으로 그의 목을 찔러왔다. 이번 공격은 피할 방법이 없었다. 그러나 황진은 시선을 피하지 않았다. 그는 두 눈을 부릅뜬 채 창을 노려보았다.

그때였다.

펑!

귀청을 찢는 총성이 울리는 순간, 창을 찔러오던 왜군이 뒤로 벌렁 나자빠졌다. 황진은 급히 일어나 고개를 뒤로 돌렸다.

발사한 용아를 등에 거는 항왜연대 연대장 웅태의 모습이 보였다. 황진의 시선이 옆으로 돌아갔다. 항왜연대 소속 병사 수백 명이 매안들 반대편에서 넘어와 왜군을 밀어내었다.

"아군이 왔다!"

소리친 황진은 지친 부하들을 독려했다.

웅태가 데려온 항왜연대 병사 수백 명은 이내 천여 명으로 불어나 전선을 압도하기 시작했다. 왜군과 1연대 병사가 백병전을 벌이면 착검한 총검으로 찔러 1연대 병사를 구해주었다. 그리고 사격이 가능한 곳에서는 용아를 발사하였다.

탕탕탕!

전선 여기저기서 용아의 총성이 어지럽게 울렸다.

그리고 그때마다 왜군이 비명을 지르며 나자빠졌다.

"쏴라!"

웅태의 외침에 항왜연대 병사들이 일제히 용아의 방아쇠를 당겼다. 지원하기 위해 올라오던 왜군 수십 명이 바닥을 굴렀다. 웅태는 탄띠의 고리에 걸어둔 죽폭을 하나 뽑았다.

치익!

휴대용 부싯돌로 불을 붙인 웅태가 죽폭을 던지며 몸을 숙였다.

펑!

심지를 짧게 자른 죽폭이 공중에서 흰 연기를 내며 폭발했다.

그 순간, 죽폭 밑에서 걸어가던 대여섯 명의 왜군이 피를 흘리며 나자빠졌다. 위력이 약해 즉사는 힘들지 모르지만 부상을 입혀 전열에서 이탈하게 만드는 효과는 아주 뛰어났다.

전사자는 전투가 일어나는 동안, 전장에 방치가 가능하지만 부상자는 후방으로 옮겨야했다. 그러려면 최소한 두 명의 병력이 더 필요해 총 세 명을 전열에서 이탈하게 만드는 효과가 있어 잔인하지만 아주 효과적인 전투방법에 속했다.

항왜연대는 죽폭과 용아로 고니시의 왜군을 다시 산 밑으로 밀어내었다. 전투는 그로부터 30분가량 더 이어지다가 날이 완전히 저문 모습을 본 고니시가 후퇴를 명하며 끝났다.

황진은 탈진한 기색으로 웅태에게 물었다.

"강원사단의 상황은 어떠하오?"

"위험한 지경은 벗어난 것으로 압니다."

웅태의 능숙한 우리말에 황진은 쓴웃음을 지은 채로 물었다.

"그럼 전투 중에 우리를 지원하러 온 것이오?"

"지금쯤 연대가 가진 탄약을 모두 소진했을 테니 얼른 가보라 해서 왔지요. 다행히 더 늦기 전에 도착해 다행입니다."

"1연대는 지원 없이도 충분히 막아낼 수 있었소."

자존심이 남다른 황진의 말에 웅태는 엷은 미소를 지어 보였다.

"저도 압니다."

어쨌든 아무리 자존심이 백두산보다 높은 황진이라지만 지친 병력으로 밤사이 고지를 사수하기에는 무리가 있어 항왜연대의 도움을 빌려야했다. 웅태는 바로 싫은 기색 없이 1연대 대신에 고지를 방어하며 왜군의 야간 기습에 대비했다.

다행히 그 날 밤은 기습 없이 지나갔다.

황진은 다음 날 아침, 동이 트기 무섭게 정상에 올라가 주위를 둘러보았다. 저수지에서 올라온 안개가 짙게 끼어 주변이 온통 하얀 연기에 가려있었다. 황진은 정찰병을 내보냈다.

얼마 지나지 않아 정찰병이 돌아왔다.

"장군, 적의 진채가 모두 비어있습니다!"

"비어있다니? 어디까지 정찰했느냐?"

"저수지까지 갔다 왔는데 적은 코빼기조차 보이지 않았습니다."

황진은 급히 말에 올라 매안들 밑으로 내려갔다.

그러나 정찰병의 말대로 진채는 모두 비어있었다.

어제는 달이 뜨지 않아 정찰에 애를 먹었는데 그 틈을 노린 왜군이 쥐도 새도 모르게 전장에서 철수해버린 상황이었다.

진채를 거두는 소리가 나면 매안들 정상에 있던 조선군 귀에 들어갈 확률이 높아 진채는 그냥 놔둔 채 짐만 챙겨 내뺐다.

"본부대대장!"

"여기 있습니다!"

호명 받은 본부대대장이 급히 달려왔다.

황진은 안개가 걷히는 남쪽을 바라보며 물었다.

"수색중대는 어제 전투에서 얼마나 살아남았나?"

"서른 명 중 열 두 명이 전사 또는 부상당했습니다."

"그럼 조를 두 개로 나누어 남쪽과 동쪽을 수색하라 명하게."

"알겠습니다."

잠시 후, 동쪽으로 갔던 수색부대가 돌아왔다.

"동쪽 지름길에 부대가 움직인 흔적이 남아있었습니다!"

"제길!"

소리친 황진은 급히 전령을 불렀다.

"본대에 가서 고니시가 저수지 동쪽을 우회하여 본대의 측면을 기습할지 모른다고 전해라! 우리 역시 바로 따라가겠다!"

"예, 장군!"

전령들은 곧바로 말에 올라 본대가 있는 북동쪽으로 출발했다.

황진은 웅태와 함께 진채를 거두어 전령의 뒤를 쫓았다.

동이 트기 무섭게 다시 울리기 시작한 포성이 아련하게 들렸다.

3장. 수세(守勢)

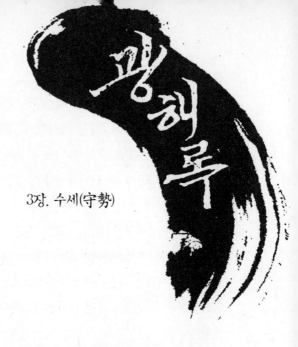

3장. 수세(守勢)

이혼은 개전과 동시에 크게 한 방 먹었다.

근위사단의 좌우측면을 보호할 목적으로 경상사단을 우군, 강원사단을 좌군에 임명해 밀양에서 대구로 올라오는 고니시 유키나카의 왜군 1번대를 가산저수지 방향에서 저지하는 게 조선군의 1차 목표였다. 그리고 2차 목표는 저지한 고니시의 1번대를 근위사단, 경상사단, 강원사단이 세 방향에서 동시에 쳐내려가 최단시간 내에 끝장을 내는 것이었다.

그 후 나머지 왜군은 병력의 우위를 선점하는 방법으로 각개 격파해 부산포를 탈환할 계획이었는데 왜군 총사령관 마에다 도시이에의 기동전에 휘말리며 초반부터 차질을 빚었다.

마에다 도시이에는 고니시 유키나카의 1번대를 미끼로 활용했다. 조선군이 1번대를 저지하기 위해 가산저수지로 내려오는 사이, 경주, 포항으로 은밀히 올라온 3번대와 5번대가 근위사단의 좌군을 형성하던 강원사단을 몰래 기습하였다.

최배천의 강행정찰연대는 눈앞에 있는 1번대에 신경을 집중하는 중이어서 3번대와 5번대가 1번대보다 빠른 속도로 우회 중이라는 사실을 놓쳤다. 뒤늦게 국정원이 정보를 알아냈지만 국정원이 보낸 요원보다 3번대와 5번대가 더 빨랐다.

측면을 기습당한 강원사단은 초전에 크게 무너졌다.

급기야 사방을 포위당했으나 권율의 발 빠른 조치 덕분에 몰살당하는 치욕은 피할 수 있었다. 권율은 이혼의 허락을 받아 우선 포위당한 강원사단을 구출하는데 전력을 다했다.

문제는 고니시의 1번대였다.

고니시가 가산저수지에서 서쪽으로 우회하여 근위사단 측면을 기습한다면 큰일이어서 급히 매복공격을 나간 1연대의 황진에게 고니시의 1번대를 붙잡아두라는 명령을 내렸다.

과연 황진은 그 명을 충실히 이행했다.

그 날 저녁, 강원사단이 위기에서 어느 정도 빠져나왔을
무렵.

권율은 예비대로 있던 항왜연대를 매안들에 보내 지친
1연대를 구원하게 하였다. 1연대에는 단비와 같은 소식이
었다.

한데 매안들에 붙잡혀 있을 거라 예상했던 고니시의 1
번대는 마침 짙게 낀 안개를 이용해 가산저수지 동쪽 편에
있는 지름길로 들어섰다. 개전 첫 날, 고니시가 진채를 처
음 내린 그 지름길이었다. 좁고 긴 회랑(回廊)형태여서 대
군이 통과하기에는 무리라 생각했던 곳인데 기도비닉을
철저히 지킨 고니시의 1번대는 매복공격을 받지 않은 채
통과했다.

뒤늦게 파악한 황진은 본대에 전령을 보내 이를 알렸다.

그러나 전령보다 고니시가 한 발 더 빨랐다.

타앙!

조총을 쏘며 뛰어든 1번대에 근위사단 오른쪽이 돌파
당했다.

근위사단 오른쪽은 원래 정문부의 3연대가 방어하는 중
이었다. 그러나 근위사단 전체가 포위당할 위험에 처한 강
원사단을 지원하는 중이어서 3연대 임무는 오른쪽 방어가
아니라, 강원사단 지원을 위해 후속부대로 대기 중인 상황
이었다.

그런 상황에서 느닷없이 측면을 기습당해 피해가 막심했다.

정문부는 사단장 권응수에게 전령을 보내는 한편, 동쪽으로 치우쳐져 있던 연대의 공격방향을 남쪽으로 돌리려 애썼다.

그 와중에 심상치 않은 보고가 속속 들어왔다.

"5대대 1중대 궤멸!"

"5대대 3중대 후퇴 중!"

"5대대 본부대대 적에게 포위당해 소식이 방금 끊어졌습니다!"

"5대대 대대장 전사! 다시 보고합니다! 5대대장 전투 중 전사!"

계속 들어오는 보고에 정문부는 말에 올라 소리쳤다.

"내가 가보겠다! 1대대는 나를 따르라!"

"예!"

말배를 걷어찬 정문부는 급히 5대대가 있던 후방으로 달려갔다. 그러나 그를 먼저 반긴 것은 5대대 병사들이 아니라, 기습을 가해온 왜군이었다. 왜군이 그를 향해 발사한 조총의 탄환이 귀 옆을 스치더니 투구 덮개 부분을 찢어발겼다.

본능적으로 허리를 숙인 정문부는 말이 서기 무섭게 몸을 훌쩍 날렸다. 그가 몸을 날림과 동시에 조총의 탄환이 빗발치듯 날아와 그의 군마를 피범벅으로 만들었다. 구슬픈 비명을 지르던 군마는 피가 섞인 거품을 토해내다가 쓰러졌다.

쿵!

육중한 군마가 쓰러지는 순간, 마른 땅에 먼지가 풀썩 솟았다.

더욱이 마치 그게 신호인 듯 북쪽에서 불어온 돌풍이 흙먼지를 말아 올려 앞과 뒤에 무엇이 있는지 분간이 쉽지 않았다.

논바닥에 몸을 숨긴 정문부는 고개를 돌려 뒤를 돌아보았다. 1대대 병사 수백이 그처럼 바닥에 엎드려 포복 중이었다. 다행히 중간에 이탈하는 병사 없이 다 따라온 모양이었다.

정문부는 주먹을 쥐어보여서 그 자리에 대기하란 명을 내렸다.

그리곤 언덕을 기어 올라가 고개를 살짝 내밀었다. 강렬해서 비릿하기까지 한 풀냄새 속에 짙은 피 냄새가 섞여 있었다.

그러나 돌풍이 만든 먼지에 가려 시야는 극히 좁은 상태였다.

정문부는 돌풍이 오히려 기뻤다.

옆으로 다가온 1대대장이 물었다.

"5대대는 어디에 있습니까?"

"기다려라! 먼지가 가라앉으면 뭐가 보이겠지."

그 사이, 먼지가 가라앉으며 주변의 풍경이 모습을 드러냈다.

"아!"

1대대장은 경악한 표정으로 비명을 질렀다.

왜군 기습에 5대대가 그대로 당했는지 사방이 온통 시체였다.

왜군은 바닥에 쓰러진 5대대 병사를 확인사살하기 위해 왜도로 목을 자르거나, 아니면 창으로 배를 쑤시며 돌아다녔다.

"지독한 새끼들!"

낮게 중얼거린 정문부는 1대대장에게 명을 내렸다.

"산개한 다음에 좌우에서 공격해 들어가는 게 좋겠다!"

"예!"

대답한 1대대장은 1중대와 2중대를 오른쪽에 있는 계단식 논으로, 그리고 3중대와 5중대는 야트막한 언덕을 돌게 했다.

모두가 자리를 잡았을 무렵.

정문부가 손으로 왜군을 가리켰다.

"쏴라!"

그 순간, 포복으로 접근한 병사들이 일제히 방아쇠를 당겼다.

탕탕탕!

총성이 사방에서 울리며 전진해오던 왜군이 쓰러졌다. 왜군은 당황을 감추지 못한 채 엄폐물을 찾아 사방으로 몸을 날렸다. 총성의 방향은 보이는데 적의 모습은 보이지 않았다.

1대대 병사들이 바닥에 엎드려서 사격했던 것이다.

용아를 발사한 1대대 병사들은 재장전에 들어갔다.

노리쇠손잡이를 당겨 사용한 탄피를 꺼냈다.

그리곤 탄입대에서 새 탄환을 꺼내 약실에 장전했다.

마지막으로 노리쇠손잡이를 눕혀 앞으로 밀었다.

철컥!

약실의 폐쇄돌기가 돌아가는 소리가 들렸다.

장전을 마친 병사는 흩어지는 왜군을 조준해 방아쇠를 당겼다.

탕탕탕!

다시 한 번 총성이 울리며 당황해 흩어지는 왜군을 그 자리에 주저앉혔다. 3연대 1대대가 용아의 화력으로 적을 제압할 무렵, 2대대와 3대대가 연이어 도착해 화력을 쏟아부었다.

탕탕탕!

귀청을 찢을 것 같은 용아의 총성이 쉴 새 없이 들렸다.

왜군 역시 조총이나, 활과 같은 원거리 무기로 반격해왔으나 일단 조선군의 위치를 정확히 파악하기 어려웠다.
또, 유효사거리 역시 상당한 차이를 드러내 조선군의 탄환
은 왜군의 갑옷에 구멍을 뚫는데 왜군의 탄환은 그렇지를
못했다.

3연대의 집중사격에 큰 피해를 입은 고니시 유키나카는
조총부대 앞에 보병부대를 내보내 3연대를 공격하란 명을
내렸다.

소총으로 상대하기에는 화력의 차이가 너무 컸다.

대나무방패를 앞세워 접근하는 왜군을 보며 정문부가
명했다.

"죽폭을 던져라!"

그 즉시, 죽폭이 날아가 대나무방패를 부수기 시작했다.

죽폭의 위력은 별 볼일 없지만 그 안에 든 쇳조각이 날
아가 대나무방패 뒤에 숨어있는 왜군 병사들에게 상처를
입혔다.

수십 개의 대나무방패가 차례차례 연기를 피워 올리며
멈췄다.

"에잇!"

고니시 유키나카는 군선을 휘두르며 외쳤다.

"본대를 내보내라!"

잠시 후, 왜군 수천 명이 함성을 지르며 달려들었다.

3연대 역시 바로 반응했다.

용아는 연신 불을 뿜었다.

그리고 간간히 죽폭이 날아가 전선에 연막을 쳤다.

"으아악!"

왜군은 비명을 지르며 하나둘 쓰러져갔다.

처음에는 수십 명이었다가 곧 수백 명으로 늘어났다.

그러나 왜군은 멈출 기미가 없었다.

원거리 교전은 표적지로 전락하는 결과를 불러올 뿐이었다.

어떻게 해서든 바짝 붙어 그들이 자신있어하는 백병전으로 승부를 봐야했다. 그러지 않으면 승패는 불 보듯 훤했다.

수백 명을 희생해가며 한 돌격은 효과를 거두었다.

전선에 돌입하는 왜군을 보며 정문부는 칼을 뽑았다.

"착검하라!"

병사들은 즉시 총검을 착검해 왜군의 보병부대에게 맞서갔다.

날개를 펼치듯 산개해있는 형태인지라, 전, 후방이 따로 없었다.

심지어 연대장 정문부마저 칼을 뽑아 적을 상대해야할 지경이었다. 그러나 적이 너무 많았다. 더욱이 3연대는 5대대가 초전에 너무 큰 피해를 입어 그렇지 않아도 부족한 병력이 더 줄어든 상황이었다. 그런 상황에서 몇 배에 이르는 적을 상대하기에는 여러모로 힘들어 점차 밀리기 시작했다.

정문부는 버럭 소리를 질렀다.

"본대에 전령을 보냈느냐?"

부관이 달려와 대답했다.

"예, 한참 전에 보냈습니다!"

부관의 대답에 할 말이 없어진 정문부는 앞으로 걸어갔다. 이미 그가 있는 본부대대까지 적이 돌파한 상황이었다. 정문부는 장전해둔 용아로 방어선을 넘을 왜군의 가슴에 쏘았다.

싱글베이스 무연화약으로 만든 탄환은 총구속도가 전보다 훨씬 빨라져 달려오던 왜군이 탄환에 맞는 순간, 뒤로 밀렸다.

철컥!

용아에 착검한 정문부는 왜군의 창을 옆으로 빗겨냈다. 그리곤 잠깐 거두어들였다가 앞으로 힘껏 찔러갔다. 푹하는 소리가 들리며 가슴에 총검이 박힌 왜군이 장창을 떨어트렸다.

총검을 비틀어 뽑은 정문부는 앞으로 머리를 숙였다.

옆에서 날아온 왜도 하나가 바람을 가리며 지나갔다.

몸을 돌린 정문부는 개머리판으로 왜도를 휘두른 사무라이의 얼굴에 때려갔다. 퍽하는 소리와 함께 광대뼈가 함몰당한 사무라이는 입에서 피거품을 쏟아내며 앞으로 쓰러졌다.

"물러서지 마라! 물러서는 놈은 3연대에서 쫓아내겠다!"

정문부는 부하들을 독려하며 전선을 유지하려 애썼다.

3연대가 여기서 뚫려버리면 강원사단을 지원하는 근위사단 본대 옆구리에 적의 비수가 박히는 상황이었다. 어떻게 해서든 고니시 유키나카의 1번대를 이곳에서 저지해야했다.

정문부의 시선이 본대 사령부가 있는 북쪽을 향했다.

그가 알기로 항왜연대는 1연대를 지원하기 위해 어젯밤 떠났다.

그렇다면 이쪽으로 도움을 주러올 부대는 없었다.

2연대와 5연대, 그리고 6연대 모두 우측 전선에 들어가 있었다.

포기한 정문부의 시선이 이번에는 서쪽으로 향했다.

서쪽에는 경상사단이 있었다.

그러나 권율의 명에 의해 측면을 방어하느라, 이곳으로 지원오기는 힘들 것 같았다. 그렇다면 남은 부대는 매복작전을 위해 매안들로 간 1연대와 1연대를 지원하기 위해 떠난 항왜연대였다. 그 두 부대의 상대가 여기 있다는 말은 그 두 부대 역시 이곳으로 올 확률이 아주 높다는 증거였다.

정문부는 애써 희망을 버리지 않으며 다시 앞으로 뛰어갔다.

✱✱✱

"흐음."

이혼은 한숨을 깊이 삼켰다.

눈앞에 있는 지도 위에는 하얀색과 검은색 말들이 뒤섞여 있었다. 하얀색은 아군, 검은색은 적군이었다. 처음에는 고니시 유키나카의 1번대를 의미하는 검은색 말 하나가 다였다.

권율은 근위사단과 경상사단, 그리고 전라사단을 동시에 움직여 고니시 유키나카의 1번대를 삼면에서 포위하려 하였다.

근위사단 1연대를 몰래 매안들에 보내 고니시 유키나카의 후위를 차단하려는 작전 역시 포위의 일환이었다. 한데 1연대가 떠나기 무섭게 동쪽에서 새로운 적 3만 명이 나타났다.

바로 우에스기 카게카츠의 3번대와 가모 히데유키가 지휘하는 5번대였다. 경상도 남동해안에 바짝 붙어 올라온 적들은 대구 방향으로 급속 전진해 강원사단 측면을 기습했다.

강원사단은 보충병이 많아 초반에 큰 피해를 입었다. 양쪽에서 포위당해 거의 전멸당할 위기였는데 권율이 재빨리 근위사단 2연대와 5연대를 보내 강원사단을 위기에서 구해냈다.

그러나 위기는 거기서 끝나지 않았다.

왜군 3번대와 5번대는 쉽게 물러서지 않았다.

마치 미친개처럼 물고 늘어지는 바람에 하는 수 없이 전개 중이던 포병연대를 급히 동쪽으로 전개해 지원에 나섰다.

다행히 어젯밤 1연대장 황진이 보내온 장계에 따르면 1연대는 지금 1번대 선봉 소 요시토시를 생포했으며 지금은 매안들을 고지로 삼아 우회하려는 1번대를 저지하는 중이었다.

고니시 유키나카의 1번대를 매안들에 잡아두는 사이, 근위사단이 전력을 다해 동쪽을 친다면 전세를 뒤집는 게 가능했다.

한데 밤사이 매안들에서 물러난 고니시 유키나카가 가산저수지 오른쪽에 있는 지름길을 이용해 근위사단 후위를 쳤다. 생각지 못한 기습이어서 3연대 5대대는 그대로 궤멸 당했다.

지금은 3연대가 막는 중이지만 계속 지원을 요청해왔다.

아슬아슬하다는 뜻이다.

부관에게 심각한 내용을 보고받던 권율이 돌아섰다.

"여기서 3연대가 무너지면 줄줄이 무너질 것이옵니다."

"도원수 뜻대로 하시오."

"예, 전하."

권율은 바로 경상사단의 곽재우에게 전령을 보냈다. 전령을 받는 즉시, 동쪽으로 이동해 3연대를 지원하란 지시였다.

지도를 살펴보던 이혼의 시선이 매안들에 있는 1연대와 항왜연대에 향했다. 이 두 부대야 말로 근위사단의 핵심이었다.

"1연대와 항왜연대는 지금 어디 있는가?"

이혼의 질문에 옆에 있던 나이든 참모 하나가 대답했다.

"다시 올라오는 중이옵니다!"

"도착시간은?"

"도착시간은 아직 알 수 없사옵니다!"

이혼은 고개를 끄덕였다.

경상사단이 3연대를 지원하는 사이, 1연대와 항왜연대가 밑에서 올라와 협공한다면 고니시의 1번대는 꼼짝 못할 것이다.

우선 눈엣가시와 같은 1번대를 없애야했다.

그리곤 모든 전력을 동쪽 전선에 투입해 왜군을 몰아내야했다.

그러나 누누이 말했듯 전장은 살아있는 생물과 같았다.

그래서 아무리 좋은 작전도 하루, 아니 한 시간을 가지 못했다.

탕탕탕!

서쪽에서 은은히 들려오는 총성에 처음에는 경상사단이 도착해 고니시의 1번대를 공격하는 줄 알았다. 그러나 그게 착각이었다는 사실을 아는 데는 오랜 시간이 걸리지 않았다.

촤르륵!

문이 열리며 뜨거운 햇살과 열풍(熱風)이 쏟아져 들어왔다.

이혼의 시선이 돌아가는 순간.

다급한 표정으로 들어온 장교가 권율에게 달려가 속삭였다.

심각한 표정으로 듣던 권율은 이내 몸을 돌려 보고했다.

"서쪽에 새로운 적이 나타났사옵니다!"

"왜군이 틀림없소?"

"예, 전하. 군기로 확인해본 결과, 왜군 6번대이옵니다!"

"6번대면 시마즈 요시히로 그 자겠군."

이혼은 권율에게 걸어가며 물었다.

"상황은 어떻소?"

"6번대가 경상사단 후위를 기습해 어려움을 겪는 중이옵니다!"

"그럼 얼른 지시를 내리시오."

"예, 전하."

돌아선 권율은 6번대를 상대하라는 지시를 경상사단에 내렸다.

경상사단이 다시 발목이 잡히며 근위사단 3연대의 상황은 더 나빠졌다. 이젠 기댈 곳은 1연대와 항왜연대 밖에 없었다.

권율은 근위사단 사단장 권응수에게 물었다.

"1연대에서 연락이 왔소?"

"반 시진 전에 가산저수지를 우회 중이라는 연락이 왔습니다."

"더 늦기 전에 도착해야할 텐데 걱정이 크군……."

"걱정하지 마십시오. 황진과 웅태 두 사람이 잘 처리할 겁니다."

한편, 사령부에서 애타게 기다리던 황진과 웅태 두 사람은 1번대가 통과했던 지름길에 들어가 막 매복을 마친 상태였다.

고니시 유키나카가 개전 초기 조선군의 남하를 막기 위해 지름길 양 옆에 있는 숲에 불을 질러 군데군데 화마의 잔해가 남아있었다. 그러나 그 후에 크게 번지진 않았는지 나무와 풀이 제법 남아 있어 매복공격을 하는데 문제가 없었다.

말없이 지도를 보던 중 황진이 먼저 웅태에게 물었다.

"정말 가능하겠소?"

웅태는 고개를 끄덕였다.

"위기가 닥치면 제 살 곳을 찾아 움직이는 게 사람의 본성이 아니겠습니까? 분명 살기 위해 이곳으로 내려올 것입니다."

"좋소. 그럼 어디 한번 해봅시다."

작전의 세부사항을 결정한 두 사람은 각자 준비에 들어갔다.

우선 웅태는 부하들과 지름길 안으로 들어갔다. 지름길을 다 통과한 후에는 그곳에서 다시 왼쪽으로 우회하기 시작했다.

그 사이, 황진의 1연대는 항왜연대가 떠나기 전에 준 용염과 용조를 지름길 곳곳에 매설했다. 또, 근처에 있는 돌과 나무로 함정을 설치하여 지름길을 죽음의 골짜기로 바꾸었다.

황진의 1연대가 함정을 설치하느라 정신이 없을 무렵.

지름길을 통과한 항왜연대는 왼쪽으로 1킬로미터를 우회했다.

웅태는 주먹을 쥐어 부대를 멈추었다.

그리곤 포복을 이용해 앞으로 이동했다.

10여 미터를 순식간에 전진한 웅태는 풀을 옆으로 치워냈다.

그 순간, 왜군 1번대의 측면이 고스란히 드러났다.

군기가 앞으로 이동하는 모습을 봐서는 어느 부대인지는 모르겠지만 조선군과 전투 중임에 틀림없었다. 웅태는 귀를 활짝 열었다. 잠시 후, 동쪽에서 총성이 은은하게 들려왔다.

포복으로 다시 돌아온 웅태는 바로 길전을 불렀다.

길전과 그는 임진왜란에서 함께 싸웠으며 전후에는 왜국 큐슈에 침투해 적선을 불태우는 위험한 작전을 같이 수행했다.

지금은 오히려 자신보다 길전을 더 믿을 지경이었다.

"부르셨습니까?"

달려온 길전에게 웅태는 방금 본 왜군의 진형을 설명해 주었다.

"내가 반을 데리고 내려가서 옆구리를 치면 놈들은 분명 우리 쪽으로 창끝을 돌릴 걸세. 자네는 나머지 반과 함께 왼쪽으로 우회해 있다가 놈들이 창끝을 돌리면 바로 기습하게."

"알겠습니다."

대답한 길전은 3대대와 5대대를 불러 왼쪽으로 우회하기 시작했다. 웅태는 침착하게 기다렸다. 눈앞에 있는 왜군이 승기를 잡았는지 서서히 동쪽으로 이동하는 중이었기에 마음이 급할 만도 했지만 웅태는 그 자리에서 꿈쩍하지 않았다.

길전이 우회를 마쳤을 무렵.

바닥에 붙어서 영원히 움직이지 않을 것 같은 웅태의 엉덩이가 떨어졌다. 웅태는 용아에 착검하라는 지시를 내렸다.

"준비는 끝났나?"

웅태의 질문에 1대대와 2대대의 대대장이 대답했다.

"예, 모두 끝났습니다."

"좋아, 세 발 사격한 다음에 죽폭을 던져라! 그리고 접근해오면 착검한 총검으로 시간을 벌면서 부연대장을 기다려라!"

"알겠습니다!"

대답한 대대장들은 부하들을 넓게 산개시켰다.

조총은 명중률이 떨어져 최대한 모여서 쏘는 게 좋았다. 그래야 조금이라도 명중률이 올라가 화력에서 압도가 가능했다.

그러나 용아는 그럴 필요가 없었다.

후장식 선조총기술을 적용한 용아는 명중률이 조총에 비할 바 아니어서 산개한 채 발사해도 화력에서 압도가 가능했다.

여기저기서 산개를 마쳤다는 보고가 올라왔다.

침착하게 기다리던 웅태가 주먹을 쥐었다가 앞으로 내렸다.

그 순간.

탕탕탕탕!

용아의 총성이 사방에서 울리며 이동하던 왜군들이 쓰러졌다.

탄환을 쏜 항왜연대 병사들은 얼른 새 탄환을 꺼내 다시 장전했다. 그리곤 당황해 흩어지는 왜군에게 다시 발사했다.

두 번째 사격으로 처음보다 많은 왜군이 바닥으로 쓰러졌다.

그제야 총성이 어디서 들리는지 확인한 왜군 장수들은 부하들을 보내 공격하게 하였다. 말을 탄 기병 수십 명이 먼저 달려들었다. 그러나 그들은 항왜연대의 세 번째 사격에 전멸을 면치 못했다. 심상치 않다는 생각이 들었는지 왜군은 이동을 멈춘 채 일제히 돌아서 그들을 향해 돌격해 왔다.

일단 1차 목표는 성공한 셈이었다.

손이 빠른 병사는 네 번째 사격까지 마친 후에 죽폭을 꺼냈다.

"던져라!"

대대장들의 목소리가 울려 퍼지는 순간.

펑펑펑!

죽폭이 날아가 돌격해오는 왜군 사이에 떨어졌다.

흙비가 비산하기 무섭게 근처에 있던 왜군들이 나자빠졌다.

웅태가 목청이 찢어져라 고함을 질렀다.

"일어나서 쏴라!"

병사들은 그 즉시 일어나서 장전한 다섯 번째 탄환을 쏘았다. 10여 미터까지 접근했던 왜군은 또다시 바닥을 굴렀다.

그러나 이젠 총을 쏠 틈이 없었다.

장전을 하다가는 그대로 왜군의 창에 쓰러질 판이었다.

항왜연대 병사들은 착검한 총검으로 왜군의 무기에 맞서갔다.

캉캉캉!

여기저기서 창과 총검이 부딪치는 소리가 들렸다.

여유가 있는 항왜연대 병사들은 용아를 쏘아서 전우를 구했다.

그리고 여유가 없는 병사들은 두세 명씩 모여 엄밀한 방어진을 친 채 왜군의 접근을 허락하지 않았다. 강군으로 이름난 근위사단에서도 항왜연대는 특별한 취급을 받을 만큼 대단해 왜군은 항왜연대의 방어를 쉽사리 뚫어내지 못하였다.

항왜연대가 버틸수록 모여드는 왜군의 수가 빠르게 늘어났다.

명절 때 나들목이 정체되는 이유와 같았다.

웅태가 왜군을 충분히 끌어들였을 무렵.

"와아아!"

엄청난 함성과 함께 북서쪽에서 부대 하나가 모습을 드러냈다.

왜군은 서쪽에서 진격 중이던 시마즈 요시히로의 6번대라 생각했는지 같이 환호성을 지르다가 이내 입을 닫아버렸다.

새로이 나타난 부대는 시마즈의 6번대가 아니었다.

바로 길전이 지휘하는 나머지 항왜연대 병력이었다.

탕탕탕!

북동쪽에서 용아를 발사하니 웅태의 부대와 접전 중이던 왜군은 그야말로 피할 새도 없이 피를 토하며 바닥을 굴렀다.

길전은 맨 앞에서 병력을 독려하며 왜군을 몰아붙였다.

용아와 죽폭이 번갈아 날아가니 왜군의 비명이 그치질 않았다.

길전의 기습에 말린 왜군은 점차 진열이 흐트러지기 시작했다.

고니시 유키나카는 피를 토하는 심정으로 이 모습을 보았다.

작전은 또 한 번 실패해버렸다. 근위사단 3연대의 예상치 못한 분전과 항왜연대의 기습적인 공격으로 다시 한 번 근위사단 본대의 측면을 기습하는 작전이 실패로 돌아가 버렸다.

마에다 도시이에가 세운 작전은 고니시의 1번대가 막히면 3번대와 5번대가 창 역할을, 그리고 3번대와 5번대가 막히면 1번대가 창 역할을 맡아 근위사단의 숨통을 끊어야 했다.

한데 둘 다 도중에 막혀버린 답답한 상황이었다.

이제 믿을 수 있는 것은 시마즈 요시히로의 6번대였다.

이 6번대가 경상사단을 조기에 제압한 후 1번대를 지원해준다면 1번대와 6번대가 힘을 합쳐 다시 한 번 싸울 수 있었다.

그런 상황에서 간신히 근위사단 3연대를 제압해가는 중이었는데 뒤통수를 맞아버렸다. 매안들에 있던 그 조선군 부대인 모양인데 예상은 했지만 이렇게 빨리 올라올 줄은 몰랐다.

고니시 유키나카는 고민을 거듭했다.

그의 1번대가 여기서 전멸하면 작전은 실패였다.

고니시 유키나카가 전멸하면 조선군은 그가 올라온 길을 그대로 이용해서 부산포까지 한달음에 달려갈 게 분명했다.

앞뒤에서 적을 맞은 상황이라면 방법은 하나였다.

퇴각이었다.

어떻게 해서든 병력을 살려 다시 한 번 방어진을 구축해야했다. 그래야 부산포에서 지원군이 오든, 아니면 다른 부대가 퇴각하는 동안, 그가 전면에서 시간을 끌어줄 수가 있었다.

"지금 당장 올라왔던 저수지로 다시 퇴각한다!"

명을 내린 고니시 유키나카는 군마의 기수를 돌려 남쪽으로 퇴각하기 시작했다. 당연히 조선군은 도망치는 고니시 유키나카의 1번대 뒤를 추격했다. 고니시 유키나카는 이를 뿌리치기 위해 가신 두 명을 불러서 한 명은 정문부의 3연대를, 다른 한 명은 웅태의 항왜연대를 각각 막게 하였다.

가신들은 별 불만 없이 부하들과 함께 조선군을 향해 돌진해 들어갔다. 가신들은 그 동안 영주에게 받은 은혜를 갚아야한다는 생각이 강해 죽으라는 명령조차 거부하질 않았다.

오히려 영주를 위해 죽을 수 있어 영광으로 생각했다.

처음부터 목숨을 도외시한 채 달려드는 왜군 결사대의 저항에 3연대와 항왜연대는 모두 발목이 잡혀 옴짝달싹 못했다.

탕탕탕!

용아의 총성이 어지럽게 울린 후, 마지막까지 남아 저항하던 고니시가문 가신의 가슴에 왜도를 찌른 웅태가 고개를 돌렸다. 수백에 달하던 왜군 결사대는 웅태가 방금 죽인 가신을 끝으로 모두 전사했다. 부상을 입은 자마저 없었다.

3연대 역시 그들에게 달려든 왜군 결사대를 물리치는데 애를 먹었다. 끝까지 저항하는 통에 포로를 만들 수조차 없었다.

탕!

마지막 남은 가신이 머리에 구멍이 뚫려 전사한 후 3연대장 정문부는 항왜연대장 웅태를 만나 작전에 대해 논의했다.

웅태와 황진이 세운 계획을 들은 정문부는 고개를 끄덕였다.

"그럼 우리는 원대 복귀하겠소."

웅태와 헤어진 정문부는 원대 복귀하던 중 전령을 다시 만났다.

"어디서 온 전령이냐?"

말에서 훌쩍 뛰어내린 전령이 군례를 취하며 대답했다.

"도원수 막하(幕下)의 전령입니다!"

정문부가 군마의 고삐를 당기며 물었다.

"나에게 온 지시냐?"

"예, 장군!"

"명이 무엇이냐?"

"경상사단이 왜군 6번대에 고전을 면치 못하는 중이니 3연대는 명을 받는 즉시, 경상사단을 지원하란 상부의 명입니다."

"알았다!"

대답한 정문부가 기수를 서쪽으로 다시 돌렸다.

"모두 들어라!"

"예, 장군!"

"우리는 지금부터 경상사단을 지원하러 간다! 모두 나를 따르라!"

소리친 정문부는 말배를 걷어차며 총성이 급박하게 들려오는 서쪽 전선으로 달렸다. 서쪽에서는 옆을 찔린 경상사단이 시마즈 요시히로의 6번대에 고전을 면치 못하는 중이었다.

한편, 정문부와 헤어진 웅태의 항왜연대는 다시 속도를 높였다.

퇴각하는 고니시 유키나카의 1번대를 급하게 만들어야 매복이 성공할 확률이 높아졌다. 항왜연대는 거의 뛰다시피 달려 고니시 유키나카의 1번대를 추격했다. 결사대에 막혀 거리가 상당히 벌어지긴 했지만 항왜연대는 용아로 무장한 경무장이었던 반면, 1번대는 보급품을 같이 옮겨야 해서 2, 30분 추격한 후에는 마침내 그 꼬리를 잡을 수가 있었다.

"공격해라!"

웅태의 지시에 항왜연대 병사들은 장전한 용아의 방아쇠를 당겼다. 후미에 쳐져있던 1번대 소속 왜군들이 바닥에 쓰러졌다. 항왜연대가 쫓아온 것을 확인한 왜군 수뇌부는 다시 한 번 결사대를 보내 항왜연대의 발목을 붙잡으려 하였다.

웅태는 잠시 고민했다.

여기서 다시 발목이 잡힐 경우, 작전에 차질을 빚을 수 있었다.

"죽폭을 던져라!"

그 즉시, 항왜연대 병사들은 소지한 죽폭에 불을 붙여 던졌다.

곧 펑펑소리가 들리며 달려오던 왜군 결사대가 비명을 지르며 나가떨어졌다. 매복 작전을 위해 아껴두었던 죽폭을 아낌없이 사용한 결과, 왜군이 예상했던 시간보다 훨씬 빠르게 결사대를 제압한 항왜연대는 다시 고니시군 뒤를 쫓았다.

웅태는 노련했다.

충주에서 척후병으로 활동하던 중 이혼에게 생포 당했을 때는 왜군에 널려있는 평범한 사무라이 중 하나에 불과했다.

그러나 이혼을 따라다니며 2, 3년 활동하는 사이, 누구 못지않은 군재(軍才)를 드러내며 당당한 장수로 거듭났다. 그리고 큐슈에서 한 위험한 작전은 그를 한 단계 더 발전시켰다.

·고니시 유키나카는 꼬리에 따라붙은 항왜연대를 떼어내기 위해 필사적으로 노력했다. 다시 한 번 결사대를 보내거나, 아니면 몰래 매복을 펼쳐 항왜연대 측면을 기습하려 하였다.

그러나 노련한 웅태는 이를 모두 물거품으로 만들었다.

물론, 고니시군의 뒤를 추격하는 일 역시 게을리 하지 않았다.

고니시군이 매복 장소가 아닌, 다른 장소로 군을 몰라치면 바로 따라붙어 맹렬한 공격을 가했다. 그 바람에 항왜연대에게 강제당한 고니시군은 지름길로 들어설 수밖에 없었다.

작전을 세우는 사람은 사람이었다.

그러나 작전을 성공시키는 것은 사람이 아니라, 하늘이었다.

그렇다고 사람이 그 과정에서 아무것도 하지 않는 것은 아니었다. 하늘에 운명을 맡기기 전에 최선을 다해야만 작전을 성공시킬 수 있었다. 지금 웅태의 역할이 바로 그러했다. 작전을 성공시키기 위해 할 수 있는 모든 것을 다했다.

마침내 고니시군은 황진이 매복한 지름길 안으로 깊이 들어섰다. 이 모두 웅태의 항왜연대가 뒤에서 조정한 결과였다.

이제 남은 것은 하늘의 결정이었다.

한편, 황진은 지름길 옆에 있는 바위지대 뒤에 몸을 바짝 숙인 채 고니시군이 오기를 기다렸다. 그는 할 수 있는 것은 이미 다했다. 부하들을 적의 시선에서 감추기 위해 나무와 풀로 위장했으며 총검이 빛을 반사하지 못하게 검은 재를 칠했다. 심지어 이와 손, 얼굴에도 진흙을 발라두었다.

그러나 매복을 눈치 챈 고니시 유키나카가 정찰병을 보내 수색한다면 들키지 말란 법이 없었다. 그리고 매복을 들킨다면 기습이 이점이 사라져 장기전으로 흐를 수가 있었다.

이제 주사위는 하늘이 가졌다.

그 주사위를 어떻게 던지느냐에 따라 승패가 갈렸다.

고니시 유키나카는 끈질기게 따라붙는 항왜연대로 인해 앞에는 신경을 쓰지 못했다. 하늘이 조선군을 돕는 상황이었다.

고니시 유키나카가 지름길 깊숙이 들어오는 순간.

황진이 말 대신, 수신호로 지시를 내렸다.

그 즉시, 치익하는 소리가 지름길 사방에서 들려왔다.

치익 소리의 정체는 왜군도 모르지 않았다.

그러나 그들이 할 수 있는 일은 그저 속도를 높이는 게 다였다.

막 몇 걸음 급히 떼었을 때였다.

펑펑펑!

길 위에 매설한 용조가 터지며 지나가던 왜군을 찢어발겼다.

싱글베이스로 개조한 화약을 사용하여 용조 역시 위력이 전보다 한층 강해져있었다. 길을 따라 용조가 폭발하며 사람과 군마, 그리고 수레를 가리지 않고 허공으로 날려버렸다.

고니시 유키나카는 날뛰는 군마를 진정시키며 군선을 펼쳤다.

"길에서 벗어나라!"

고니시 유키나카의 명을 받은 병사들은 죽음의 길로 변한 곳을 피하기 위해 급히 길옆에 있는 풀숲으로 몸을 날렸다.

그러나 이는 모두 황진의 계략이었다.

황진은 왜군이 길옆으로 피하기 무섭게 소리쳤다.

"용염을 터트려라!"

황진의 명은 병사들의 입을 통해 순식간에 퍼져갔다.

그로부터 얼마 지나지 않아서 용염이 엄청난 굉음과 함

께 터지기 시작했다. 용염의 위력은 끔찍하기 짝이 없었다. 용염이 폭발하며 만든 화염은 당연히 무서웠다. 한데 그보다 더 무서운 것은 화염 속에서 튀어나오는 쇠구슬이었다. 용염에 든 쇠구슬이 사방으로 비산해 왜군의 사지를 찢어발겼다.

여기저기서 팔다리를 잃은 왜군들이 구슬픈 비명을 질러댔다.

당황하기는 고니시 유키나카 역시 마찬가지였다.

참상에 항상 냉정함을 유지하던 그마저 정신을 차리지 못했다.

황진은 팔을 번쩍 들며 소리쳤다.

"숨통을 끊어라!"

그 순간, 지름길 양쪽에 받쳐져있던 통나무들이 굴러 내려갔다.

콰콰콰쾅!

어른 허리만한 통나무에 지나간 자리에는 핏자국만 가득했다.

통나무 다음에는 집채만 한 바위들이 굴러 떨어졌다.

어젯밤 황진이 지휘하는 1연대는 길 양 옆에 있는 바위 아래를 삽으로 살살 파냈다. 그리곤 그 밑에 죽폭다발을 끼웠다. 또, 바위 위에는 잘 굴러 내려가게 통나무를 받쳐 두었다.

죽폭다발이 터지는 순간, 지탱해주던 지반이 움푹 파이는 바람에 수 톤에 이르는 바위들이 길 밑으로 굴러 떨어지기 시작했다. 통나무보다 바위가 큰 피해를 안겼다. 통나무는 느리게 굴러서 피할 틈이 있었지만 바위는 그렇지가 않았다.

옷이라도 빨려 들어가는 순간, 이미 죽은 목숨이었다.

화약무기와 함정을 모두 사용한 황진이 벌떡 일어나 소리쳤다.

"쳐라!"

명이 떨어지기 무섭게 1연대 병사들은 위장하기 위해 사용했던 풀과 나뭇가지를 옆으로 치워내며 일어나 용아를 쏘았다.

지름길 양쪽에서 엄청난 숫자의 총성이 쉴 새 없이 들려왔다.

운이 좋아 끝까지 살아남았던 왜군은 용아 앞에서 최후를 맞았다. 고니시 유키나카의 1번대는 그렇게 파멸의 길을 걸었다. 1만5천에 이르던 병력을 거의 다 잃은 고니시 유키나카는 자포자기하였다. 그러나 다른 영주들처럼 할복할 수는 없었다. 그는 천주교를 믿는 기리시탄이었다. 천주교의 교리에서는 스스로 목숨을 끊는 행위를 죄악으로 여겼다.

간신히 살아남은 가신들이 고니시 유키나카를 그들이

들어왔던 지름길 북쪽으로 피신시켰다. 1연대가 지름길 좌우와 앞을 모두 막았다면 빠져나갈 길은 북쪽 입구 밖에 없었다.

막 입구를 빠져나가려는 순간.

사방에서 그물이 날아들었다.

가신들은 왜도로 그물을 잘라보았지만 한두 개가 아니어서 곧 포기했다. 잠시 후, 그물을 던진 항왜연대가 모습을 드러냈다. 고니시 유키나카는 저항을 포기한 듯 앉아 있었다.

항왜연대장 웅태가 왜국말로 소리쳤다.

"무기를 버려라!"

그 말에 고니시 유키나카가 먼저 손에 쥔 군선과 왜도를 버렸다. 그 모습을 본 가신들 역시 통곡하며 무기를 버렸다.

고니시 유키나카와 그 가신들을 잡은 웅태는 그 소식을 1연대와 사단 본부에 있는 권응수에게 각각 보냈다. 조선에 치욕을 안겨준 고니시 유키나카를 마침내 사로잡은 것이다.

전장을 빠르게 수습한 황진은 웅태와 함께 사단본부로 복귀했다. 전령을 통해 상황을 전달받은 사단장 권응수 등이 사단 참모들과 함께 나와 큰 공을 세운 두 사람을 맞이했다.

웅태가 체격이 좋은 왜장을 앞으로 끌어왔다.

"이 자가 고니시 유키나카입니다."

"잘했다."

고개를 끄덕인 권응수는 고니시 유키나카를 도원수 권율에게 보냈다. 근위사단은 전에 후쿠시마 마사노리와 구로다 나가마사, 그리고 나베시마 나오시게 등을 죽인 적은 있지만 왜군의 수뇌급 인물을 생포한 것은 그렇게 많지 않았다.

황진은 권응수를 따라 사단본부로 들어가며 물었다.

"동쪽 전선은 상황이 어떻습니까?"

"동쪽은 첨예하게 대치중이오."

"서쪽전선에 대한 소식은 들으셨습니까?"

"3연대가 지원을 가서 간신히 고비는 넘긴 듯하오."

사단본부에 있는 의자에 앉기 무섭게 이번에는 웅태가 물었다.

"우리는 다시 동쪽전선으로 가는 겁니까?"

그 말에 권응수가 고개를 끄덕였다.

"그렇소. 그러나 이번에는 우리가 먼저 강수를 쓸 생각이오."

"강수라 하시면?"

황진의 질문에 권응수가 지도를 펼쳤다.

"지금까지는 적의 작전에 수동적으로 대응하는 게 고작

이었소. 그러나 이렇게 대응해서는 매번 끌려가기만 할 뿐이오."

"하오시면?"

권응수가 비장한 목소리로 대답했다.

"주도권을 우리가 가져와야하오. 어떻게 해서든."

권응수의 대답에 황진 역시 동의하는 듯했다.

"전황을 바꾸기 위해선 주도권을 우리 쪽으로 가져와야 겠지요."

권응수가 지도에서 그들이 현재 있는 돛대산지역을 가리켰다.

"우리가 지금 있는 곳의 이름은 돛대산이오. 그리고 본대가 왜군과 대치중에 있는 동쪽 전선은 이곳, 근능골과 범님이골 두 곳을 중심으로 이루어져 있소. 강원사단은 이 근능골과 범님이골 사이에 아직 갇혀 있는데 근능골에 왜군 3번대가, 범님이골에 왜군 5번대가 각각 들어와 강원사단을 협공 중이오. 그리고 근위사단 본대는 돛대산을 중심으로 강원사단을 왜군의 협공에서 구출하기 위해 애쓰는 중이오."

권응수의 설명이 끝나기 무섭게 황진이 다시 물었다.

"그럼 저희는 어디로 갑니까?"

"1연대는 지금부터 윗화악산, 평양리, 음지리를 지나 철마산에서 범님이골에 있는 왜군 5번대의 뒤를 기습하도록 하시오."

"꽤 강행군이군요."

"방금 전에 한 말대로 우리가 주도권을 찾아와야하오."

"알겠습니다. 부하들이 식사를 마치면 바로 출발하겠습니다."

"고생하시오."

"예, 장군."

황진 다음에는 웅태의 차례였다.

"항왜연대는 내양에서 위양리를 통과해 근능골에 있는 3번대의 뒤를 쳐주시오. 굳이 깊이 들어갈 필요는 없소. 그저 3번대의 정신만 분산시켜도 본대가 승기를 잡을 수가 있소."

"분부대로 하겠습니다."

웅태 역시 군례를 취한 후에 바로 돛대산을 떠났다.

4장. 역공(逆攻)

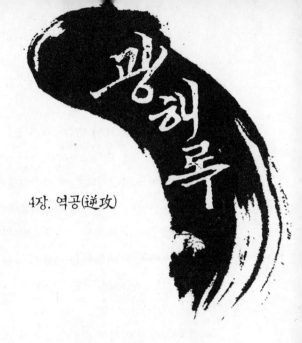

4장. 역공(逆攻)

황진은 야간행군에 부담을 느꼈다.

달이 뜨지 않거나, 아니면 달빛이 강하지 않은 밤에 산에 들어가 행군하는 것은 죽음을 자초하는 행위와 다르지 않았다.

"마을에 가서 이 주변지리에 밝은 사람들을 최대한 데려와라."

"옛!"

대답한 부관은 얼마 후 백성 몇 명과 같이 돌아왔다. 대부분 근처 산에서 약초를 캐는 약초꾼이거나, 아니면 사냥을 하는 사냥꾼이어서 주변 지형을 누구보다 잘 아는 이들이었다.

황진은 행군에 앞서 연대 수색중대장을 불러 지시를 내렸다.

"길잡이를 붙여줄 테니 수색중대가 길을 열어라."

"예, 장군!"

수색중대는 곧 길잡이와 함께 야간수색에 들어갔다.

처음에는 달빛이 좋아 수색에 어려움이 없을 줄 알았다. 그러나 숲에 들어간 후에는 그게 착각임을 바로 깨달았다. 나무가 빽빽하게 자란 숲에는 달빛이 들어오지 않아 칠흑처럼 어두웠다. 수색중대장은 수중의 지도를 이용하지 않았다.

이런 상황에서 어설픈 지식에 의지해 결정을 내리면 수색중대뿐 아니라, 뒤에서 따라오는 본대를 혼란에 빠트릴 위험이 있었다. 지금은 전문가의 도움을 받는 방법이 가장 좋았다.

수색의 전문가가 그라면 지형의 전문가는 바로 황진이 붙여준 길잡이들이었다. 길잡이들은 수십 년 넘게 이 근방에 거주한 사람들이었다. 다른 사람들은 그들이 경험을 통해 쌓은 지식을 절대 따라가지 못했다. 길잡이를 앞세운 수색중대는 윗화악산을 무사히 통과했다. 지형이 험해 처음에는 걱정이 많았는데 길잡이들이 쉬운 길을 알려주어 편했다.

윗화악산에서 잠시 휴식을 취한 수색중대는 이어 평양

리, 음지리를 빠르게 통과했다. 다행히 이 두 지역에는 왜
군 정찰병이 없어 속도를 빠르게 가져갈 수 있었다. 자정
을 넘은 시각, 수색중대는 마침내 목적지인 철마산에 도착
했다.

철마산에 대군이 머무를 만한 곳을 몇 군데 찾아낸 수색
중대장은 바로 전령과 길잡이를 같이 묶어 황진에게 보냈
다.

전령만 가서는 밤중에 길을 잃어버릴 위험이 있어 반드
시 길잡이가 옆에서 길을 안내해줘야 했다. 전령과 길잡이
가 무사히 도착해 수색중대장의 전언을 전해준 덕분에 황
진은 바로 1연대 본대와 함께 철마산으로 올라가 매복을
마쳤다.

왜군의 정찰에 대비해 산기슭에 참호를 만든 황진은 고
개를 들어 하늘을 보았다. 정중앙에 떠있던 달이 빠른 속
도로 기우는 중이었다. 황진은 전 부대에 휴식을 취하라
명했다.

동쪽이 점점 금빛으로 물들며 해가 막 떠오르려는 새벽.

참호를 위장한 나뭇가지와 풀을 옆으로 치워낸 황진은
차가운 새벽 공기를 한껏 들이마셨다. 공기는 비록 쌀쌀하
지만 긴장이 가득한 분위기로 인해 추위를 느낄 겨를이 없
었다.

황진은 먼저 수색중대장을 불렀다.

"수색해보았느냐?"

"예, 장군. 새벽에 왜군 진채까지 내려가 보았습니다."

"어떻더냐?"

"산마루에 왜군이 주둔 중이었습니다."

"수도 확인했느냐?"

"3천으로 보였습니다."

수색중대장의 대답에 황진은 지도를 펼쳐 확인했다.

"으음, 그렇다면 범님이골에 있는 왜군의 예비대인모양이군."

새벽에 계속 움직인 수색중대에 휴식을 준 황진은 부관을 불렀다. 부관은 긴장한 표정으로 급히 달려와 군례를 올렸다.

지도를 접은 황진이 물었다.

"각 대대의 준비상황은?"

"모두 마쳤습니다."

"좋아. 그럼 1대대와 2대대가 중앙에서, 3대대와 5대대는 좌우 양쪽에서 동시에 쳐내려가 왜군을 기습하도록 하겠다."

"예, 장군."

"산안개로 인해 죽폭이나, 용아가 불량이 날 수 있으니 조심하라 전해라. 제대로 사격하지 못하는 놈들은 경을 치겠다."

"각 대대에 전하겠습니다."

부관이 황진의 명을 각 대대에 전파하는 사이, 황진은
자신의 용아를 점검했다. 총구에 스며든 물기는 솜으로 닦
아냈다.

개인정비를 마친 황진은 각 대대에 출병을 명했다.

1대대와 2대대가 먼저 중앙에서 빠른 속도로 내려갔다.

그리고 3대대와 5대대는 좌우 양옆에서 1대대와 2대대
를 호위했다. 왜군 5번대는 산마루 중간에 전초를 여러 개
세워 철마산에서 올지 모르는 조선군의 기습을 막아내려
했으나 이미 수색중대에 의해 그 위치가 모두 파악당한 상
태였다.

1대대장은 손짓으로 풀과 나뭇가지로 위장한 전초를 가
리켰다.

그 순간, 총검은 뽑은 병사 두 명이 나뭇가지를 살살 걷
어냈다. 안에 숨어있던 왜군 두 명은 꿈나라를 헤매는 중
이었다.

수신호로 상대를 정한 병사들은 입을 막으며 재빨리 총
검을 목에 찔렀다. 잠시 품 안에서 꿈틀거리던 왜군은 이
내 사지를 축 늘어트렸다. 총검을 뽑은 병사들은 이내 두
번째 전초로 이동했다. 두 번째 전초는 앞에서 처리한 전
초와 달리 왜군 두 명이 눈을 부릅뜬 채 사방을 경계 중에
있었다.

접근이 더 이상 어려웠는지 병사 중 하나가 고개를 돌려 대대장에게 손짓을 해보였다. 암습은 힘들다는 의미였다. 잠시 고민하던 대대장은 대대 소속 척탄병(擲彈兵)을 불렀다.

척탄병은 대대에서 팔 힘이 가장 좋은 병사들이었다.

당연히 팔 힘이 좋으려면 체격 역시 좋아야 해서 척탄병이 다른 병사들과 섞여있으면 마치 어른과 아이가 있는듯 했다.

또, 아무리 팔 힘이 좋은 병사도 무거운 죽폭다발을 먼 거리에서 투척해 정확히 맞출 수는 없어 반드시 가까이 접근해 던져야했는데 그러려면 죽음을 두려워않는 용기가 필요했다.

서양에서는 이런 이유로 척탄병을 정예보병으로 인식하는 경향이 강했다. 나폴레옹의 근위대나, 2차 세계대전 때 나치가 장갑기계화보병을 장갑척탄병이라 부른 게 그 증거였다.

척탄병들은 이내 수색중대가 밤사이 은밀히 기동하며 파악해놓은 왜군의 전초기지를 향해 불을 붙인 죽폭다발을 던졌다.

쾅쾅쾅!

산기슭 곳곳에서 죽폭다발이 터지며 나뭇가지와 흙이 사방으로 비산했다. 전초기지 안에 있던 적이 죽었는지,

살았는지 알 수는 없었지만 어쨌든 반격해올 기미는 보이
지 않았다.

나무 뒤에 숨어있던 대대장이 뛰어나오며 소리쳤다.

"돌격하라!"

그 즉시, 병사들은 가파른 산비탈을 내려가기 시작했다.
먼지가 일며 여기저기서 거친 호흡소리가 들려왔다.

황진 역시 1대대와 함께 선두에서 달려 내려갔다.

허리까지 자란 풀과 발목을 잡아끄는 관목 숲을 지나니
이번 여름에 홍수로 무너진 황토색 산비탈이 모습을 드러
냈다.

황진은 마치 미끄럼틀을 타듯 산비탈로 몸을 던졌다.

촤아악!

갑옷이 말려 올려가며 등에 생채기를 남겼다.

그러나 황진은 개의치 않았다.

탁!

다리가 바닥에 닿기 무섭게 앞으로 한 바퀴 구른 황진은
주위를 둘러보았다. 병사들은 연신 산비탈로 몸을 던지는
중이었다. 어떤 병사는 굴러서, 어떤 병사는 누워서 내려
왔다.

"계속 달려라! 멈추면 표적이 된다!"

소리친 황진은 앞장서서 남쪽에 위치한 왜군 진채를 향
해 달려갔다. 왜군은 철마산 중턱에서 들려온 폭발소리에

놀라 민가에 세운 진채 밖으로 고개를 내밀고 살펴보는 중이었다.

그러다가 먼지구름과 함께 달려오는 조선군의 모습을 발견한 왜군은 그제야 소리를 지르며 조선군의 습격을 알렸다.

잠에서 막 깨어난 왜군이 방어준비에 나설 무렵.

진채에 도달한 1연대 병사들은 바닥에 배를 깐 채 엎드렸다.

철컥!

탄환을 약실에 넣은 병사들은 노리쇠손잡이를 옆으로 눕힌 상태에서 앞으로 밀어 장전을 마쳤다. 그리곤 왜군 진채를 조준해 방아쇠를 당겼다. 여기저기서 총성이 어지럽게 이어지며 진채 위에 있던 왜군 머리가 추락하기 시작했다.

황진은 진채 양쪽 끝에 서있는 망루를 지목했다.

"저곳에 집중사격을 가해라!"

그 즉시, 탄환이 빗발치듯 날아가 망루를 벌집으로 만들었다.

망루에 있던 수십 명의 왜군은 곧 밖으로 몸을 던졌다.

망루에 있다가는 목숨을 건지기 어려워 내린 고육지책이었다.

***

　왜군 5번대를 지휘하는 영주는 가모 우지사토의 어린 아들 가모 히데유키였다. 아버지 가모 우지사토는 명문가 출신으로 가문이 오다 노부나가에게 패해 인질로 갔다가 도리어 오다 노부나가 눈에 띄어 그의 사위가 되는 행운을 누렸다.

　오다 노부나가의 사후에는 자연스럽게 도요토미 히데요시를 섬겨 그 공으로 아이즈에 92만석에 이르는 영지를 받았다.

　그런 관계인만큼, 오다 노부나가와 친했던 도쿠가와 이에야스나, 독자적으로 성장했던 우에스기 카게카츠와 같은 영주들처럼 간토에 영지가 있었음에도 가모 우지사토는 임진왜란에 출병하기 위해 큐슈의 나고야대본영으로 이동해있었다.

　가모 우지사토의 영지 92만석은 도요토미 히데요시가 준 거여서, 다른 영주처럼 거절할 명분이 그에게는 없었던 것이다.

　그러나 나고야대본영에서 출병준비를 하던 중 병을 얻은 가모 우지사토는 결국 병사해 가독을 아들 히데유키가 이었다.

　하지만 가모 히데유키에게는 아버지 가모 우지사토와

같은 재능이 없어 가모가문은 그 후에 몰락을 길을 걸었는데 지금 5번대를 지휘하는 영주가 바로 그 가모 히데유키였다.

가모 히데유키에게 군재가 없음을 안 도요토미 히데요시는 명목상의 지휘는 가모 히데유키가 하더라도 군의 지휘는 그의 가신들이 하도록 하였다. 그렇다고 가모 히데유키의 허락 없이 군을 마음대로 움직일 수는 없어 고충이 따랐다.

가신들은 철마산방면에 상당한 수의 병력을 배치해 뒤를 든든히 하자는 계획을 가모 히데유키에게 건의했으나 그는 눈앞에 있는 강원사단에 전력을 집중하는 게 더 낫다는 생각을 했는지 산기슭에 몇 십 명 배치하는 선에서 끝냈다.

그 결과, 황진의 1연대는 별다른 저항 없이 철마산을 통과했다. 그리곤 앞에 있는 5번대 후군에 기습을 가할 수 있었다.

뒤를 찔렸다는 보고에 가모 히데유키가 성을 내며 소리쳤다.

"조선 놈들은 교활하기 짝이 없구나!"

늙은 가신은 걱정스러운 얼굴로 물었다.

"어떻게 하시겠습니까?"

"요시다와 구루시마부대를 보내 지금 당장 놈들을 몰아내시오!"

"요시다와 구루시마는 남쪽에 있는 적을 상대하는 중입니다."

늙은 가신의 대답에 가모 히데유키의 얼굴이 붉어졌다. 명색이 주장이란 사람이 가신을 어디에 배치했는지 잊은 것이다.

그러나 여기서 실수를 인정하면 왠지 늙은 가신들에게 책을 잡힐 것 같아 가모 히데유키는 가슴을 쫙 편 채 소리쳤다.

"알고 있소! 그러나 이 비겁한 조선 놈들을 쓸어버리는 데는 우리 가문이 자랑하는 요시다와 구루시마부대가 적격이오!"

"영, 영주님, 전방의 부대를 빼면 혼란이 생깁니다."

"내 말대로 하시오! 설마 날 영주로 인정 못하겠다는 말이오?"

가모 히데유키가 역정을 내는 통에 가신들은 하는 수 없이 전방에 있던 요시다와 구루시마부대를 후방으로 돌렸다. 그리곤 예비대로 있던 나카토모와 세이치로부대를 전방으로 돌렸는데 부대들이 서로 교차하는 동안, 빈틈이 드러났다.

한편, 황진은 먼 거리에서 사격하며 점차 거리를 좁혀가는 중이었는데 저항하던 왜군이 갑자기 썰물처럼 빠져나가는 모습을 보았다. 이유는 모르지만 무언가 혼란이 생긴 듯했다.

황진은 바로 벌떡 일어나 칼을 휘둘렀다.

"돌격하라!"

그 순간, 엎드려서 사격하던 병사들이 일제히 일어나 돌격했다.

탕탕탕!

달려가며 용아를 발사하니 돌아서던 왜군이 바닥에 나뒹굴었다. 왜군 진채에 거의 다다른 1연대 병사들은 가시나무와 나무기둥으로 만든 목책을 돌파해 안으로 뛰어 들어갔다.

뒤이어 뛰어든 황진은 진채 안에 있던 가옥 하나를 연대 사령부로 정한 다음, 바로 휘하 장교들에게 지시를 내렸다.

"왜군이 올만한 길목에 용염과 용조를 설치해라!"

"옛!"

잠시 후, 본부대대 소속 공병들이 점령한 진채를 중심으로 용조와 용염을 설치했다. 그리고 보병들은 그 뒤에 대기했다.

얼마 기다리지 않아 지친 모습이 역력한 왜군부대가 모습을 드러냈다. 붕대를 감은 병사들이 적지 않은 게 마치 전장에서 막 귀환한 부대처럼 보였다. 어쨌든 적을 만난 1연대는 용아로 기습사격을 가하며 단숨에 진형을 흩트려 놓았다.

사방으로 몸을 날린 왜군은 잠시 후 다시 진형을 갖춰 1연대를 향해 접근하기 시작했다. 그러나 이곳은 왜군 진채 안이어서 민가가 사방에 가득했다. 왜군은 민가를 돌아서 접근해야했는데 그럴 때마다 골목이나, 집에서 날아드는 1연대의 집중사격에 당해야했다. 그렇다고 포기할 수는 없었다.

조선군을 그들의 진채에 그냥 두는 것은 바보 같은 짓이었다.

어떤 희생을 치러서라도 조선군을 몰아내야했다.

왜군이 1연대가 점거한 진채에 도착하는 순간.

콰콰쾅!

폭음이 울리며 흙먼지가 비산했다.

그리고 그 주위에 있던 왜군은 날선 비명을 지르며 쓰러졌다.

바닥에 매설해둔 용조를 밟은 것이다.

두려움에 질린 왜군은 사방으로 흩어졌다.

그러나 그들이 도망칠 곳은 없었다.

곧 사무라이들의 강요를 받은 왜군은 다시 전진을 시작했다.

용조는 그게 다였는지 더 이상 폭발하지 않았다.

안심한 왜군이 속도를 다시 높이려는 순간.

콰앙!

앞에서 귀청을 찢는 폭음과 함께 화염이 붉은 혀를 내밀었다.

미처 피하지 못한 병사들은 몸에 불이 붙은 채 비명을 질렀다.

그러나 그게 끝이 아니었다.

용염이 터지는 순간, 그 속에서 손톱크기의 작은 쇠구슬이 산탄처럼 퍼져 나오며 접근하던 왜군 수십 명의 몸에 박혔다.

곧 여기저기서 비명과 흐느낌, 그리고 고함소리가 들려왔다. 평화롭던 골목은 1, 2분 사이에 죽음의 골짜기로 바뀌었다.

용조와 용염에 당한 왜군의 진형이 흐트러지기 무섭게 사방에서 벌떼처럼 접근한 1연대 병사들이 용아를 쏘기 시작했다.

탕탕탕!

사방에서 쉼 없이 들려오는 용아의 총성에 왜군은 정신을 차리지 못했다. 거기다 죽폭이 날아들 때면 연기가 짙게 피어올라 시야에 제약을 받았다. 왜군은 도망치기 위해 사방으로 흩어지다가 오히려 자기편을 적으로 오인해 공격하는 일마저 벌어졌다. 그런 상황에서 전투가 가능할리 없었다.

황진은 조준한 용아를 군마의 기수를 돌려 도망치는 사

무라이 등에 겨눴다. 가늠쇠와 가늠자에 사무라이의 등이 들어오는 순간, 황진은 주저 없이 방아쇠를 당겼다. 기분 좋은 반동과 함께 개머리판을 댄 어깨에 뻐근한 느낌이 들었다.

그러나 그가 쏜 탄환은 사무라이가 아니라, 군마의 엉덩이에 박혔다. 앞발을 높이 들어 올린 군마는 몸을 흔들어 사무라이를 떨어트렸다. 그리곤 제 살길을 찾아서 떠나버렸다.

떨어진 사무라이는 비틀거리며 다시 일어섰다.

황진은 급히 탄입대에서 새 탄환을 꺼내 입에 물었다.

철컥!

노리쇠손잡이를 당겨 총신을 세우니 빈 탄피가 바닥에 떨어졌다. 황진은 입에 문 새 탄환을 약실에 넣었다. 그리곤 노리쇠손잡이를 눕혀서 앞으로 다시 밀었다. 철컥하는 소리가 들리며 약실의 폐쇄돌기가 약실 탄환을 정확히 물었다.

황진은 일어선 사무라이 등에 용아를 겨누었다.

탕!

총구가 들리기 무섭게 비명을 지른 사무라이가 앞으로 털썩 쓰러졌다. 그래도 죽지는 않았는지 다시 일어서려했는데 도망치던 왜군 병사들에게 짓밟혀 더 이상 움직이지 못했다.

황진은 주변을 돌아보며 황급히 소리쳤다.

"추격하지 마라! 우리는 이 진채를 지켜내며 적의 시선을 끌어야한다! 깊숙이 추격하는 놈은 내가 직접 경을 칠 것이다!"

황진의 말에 신이 나서 추격하던 병사들이 다시 자기 자리로 돌아왔다. 황진은 엄격한 편에 속하는 장수였다. 덕장(德將)이나, 지장(智將)이라기보다는 용장(勇將)이나, 맹장(猛將)에 가까워 명을 따르지 않으면 치도곤을 피하지 못했다.

된서리를 맞은 왜군은 후방에서 다시 전열을 수습했다. 그리고 이번에는 전과 달리 귀갑차를 동원하는 등 전력을 다했다.

왜군이 강력하게 나오는 통에 1연대 역시 전처럼 쉽게 격퇴하지 못했다. 더구나 이번에는 용조와 용염이 없어 진채를 지키는 일에 애를 먹을 지경이었는데 황진 등 장교들의 분전에 힘입어 마지막 남은 진채에서 전선을 형성할 수 있었다.

황진의 1연대가 왜군 5번대 뒤에서 분전하는 사이.

5번대 정면을 공격하던 근위사단 2연대장 정기룡은 애를 먹이던 왜군이 갑자기 썰물처럼 빠져나가는 모습을 보았다.

이유는 모르지만 이 기회를 놓칠 수 없다고 생각한 정기룡은 즉시 휘하부대에 명을 내려 퇴각하는 왜군을 쫓게 하였다.

그러나 정기룡은 신중한 성격이었다.

"1대대만 추격하고 나머지 대대는 대기하라!"

정기룡의 명에 따라 1대대만 퇴각하는 왜군을 추격했다. 이게 왜군의 유인계라면 오히려 이 틈을 이용해 반격할 생각이었던 것이다. 한데 왜군은 유인계를 위한 퇴각이 아니었다.

무슨 일인지는 모르지만 정말 퇴각을 시작했다.

정기룡은 즉시 지시를 수정했다.

"1대대는 왜군을 그냥 도망치게 두어라!"

부관이 즉시 물었다.

"지금이야말로 전선을 무너트릴 기회가 아닙니까?"

"퇴각하는 적을 추격하다가는 뒤에서 내려올 다른 적에게 협공당할 위험이 있다. 그 보다는 교대하는 적이 자리를 잡기 전에 기습하여 효과를 보는 게 더 좋은 작전일 것이다."

"알겠습니다."

부관은 그 즉시 정기룡의 명을 각 대대에 전파했다.

잠시 후, 정기룡의 말처럼 교대할 병력이 들어오기 시작했다.

"쏴라!"

정기룡의 지시에 병사들은 쉼 없이 용아의 방아쇠를 당겼다.

교대하기 위해 들어오던 왜군 병력이 허물어졌다.

"돌격하라!"

소리친 정기룡은 1대대와 2대대를 정면으로 3대대와 5대대를 좌우 양쪽으로 보내 삼면에서 왜군을 몰아치게 하였다.

용아를 쏘며 접근하다가 죽폭을 던지니 왜군이 물러서기 시작했다. 고착상태에 있는 적의 진지를 부수기는 어려웠다. 그러나 적이 교대하는 상황이라면 무방비와 다름없었다.

정기룡은 왜군의 이해할 수 없는 움직임을 이용해 매섭게 찔렀다. 그 결과, 난공불락처럼 여겨지던 왜군의 1차 목책과 2차 목책을 단숨에 뚫은 2연대는 왜군 본대마저 돌파해갔다.

앞뒤에서 협공당한 왜군 5번대는 숫제 정신을 차리지 못했다.

황진의 1연대가 호시탐탐 본대를 노리는 상황에서 정기룡의 2연대가 중앙방면을 돌파해 본대가 와해당하기 직전이었다.

가모가문의 가신들은 급히 가모 히데유키에게 권했다.

"지금 당장 퇴각해야합니다!"

얼굴이 붉게 달아오른 가모 히데유키가 소리쳤다.

"나보고 도망치란 말이오?"

가신들이 엎드려 고했다.

"남동쪽에 있는 우에스기영주님에게 의탁하면 가문을 보전할 가능성이 아직 있습니다! 우리가 원한 싸움도 아닌데 이런 객지에서 개죽음당할 필욘 없습니다! 부디 통촉해 주십시오!"

가모 히데유키는 신경질적으로 외쳤다.

"듣기 싫소!"

가신들 역시 지금은 이판사판이라 강한 어조로 권했다.

"영주님! 큰 영주님께서 살아계셨다면 저희들의 조언을 따랐을 겁니다! 영주님, 어린 치기에 부리는 만용은 금물입니다!"

가모 히데유키는 전보다 더 성을 냈다.

"오, 이제야 본심을 드러내는구만! 당신들이 나보다 돌아가신 아버지를 더 따른다는 것은 알고 있소! 그러나 당주는 아버지가 아니라, 나 히데유키요! 한데 내 앞에서 그런 말을 뻔뻔스레 지껄이다니! 저 늙은이들을 내 앞에서 치워라!"

가모 히데유키의 근위시동들이 저항하는 가신들을 밖으로 쫓아냈다. 그 모습을 보며 안절부절못하던 가모 히데유키는 측근을 불러 양쪽에서 협공해오는 조선군을 몰아내라 명했다.

그러나 이미 5번대는 붕괴직전이어서 그의 명이 통할 리 없었다. 본대가 어지러워지는 모습을 본 황진은 진채에서 나와 본대로 공격해 들어갔다. 그리고 정기룡의 2연대 역시 쉴 틈을 주지 않은 채 몰아붙여 숨통을 끊기 직전이었다.

"투구를 다오!"

아버지가 쓰던 가문의 투구를 버린 가모 유데유키는 장인들이 오직 자신만을 위해 만든 새로운 투구를 머리에 착용했다.

"군마를 가져와라!"

"영주님!"

근위시동들이 울면서 말렸으나 폭주 중인 가모 히데유키가 들을 리 없었다. 명을 따르지 않는 근위시동들을 발로 걷어찬 가모 히데유키는 직접 자신의 애마를 가져와 올라탔다.

방년 14살의 소년은 창을 쥔 채 정기룡의 2연대를 향해 나아갔다. 그 뒤를 가모가문의 근위시동들이 쫓으니 마치 꽃이 채 피어보기도 전에 폭풍에 휩쓸려 땅으로 떨어지는 듯했다.

탕탕탕!

용아의 총성이 어지럽게 울린 후.

분을 칠한 듯한 가모 히데유키의 하얀 얼굴이 더 창백

해졌다.

그리곤 그대로 낙마해 바닥을 몇 차례 굴렀다.

근위시동들이 주군을 보호하기 위해 그 위로 몸을 날렸다. 곧 가모 히데유키 위에 사람으로 만든 봉분(封墳)이 생겼다.

가모가문의 후계자가 전사하며 5번대는 몰락을 길을 걸었다.

가신들은 끝까지 저항하다가 수없이 날아드는 총탄에 벌집으로 변했다. 그리고 그 모습을 지켜본 병사들 중 가모가문에 은혜를 입은 자들은 사방으로 흩어져 우에스기나, 시마즈군에 합류하려했으며 그렇지 않은 자들은 항복해버렸다.

황진과 정기룡 두 명이 잡은 포로만 거의 2천여 명에 달했다.

황진의 철마산 기습으로 5번대가 궤멸했을 무렵.

황진과 같은 명을 받은 채 우회하던 웅태는 근능골 밑에 있는 위양리에 다다라 기습을 가할 시기를 조율하는 중이었다.

근능골에는 우에스기 카게카츠가 이끄는 왜군 3번대가 있었다.

우에스기 카게카츠 역시 뛰어난 사람을 부친으로 두었는데 바로 우에스기 겐신이다. 물론, 우에스기 겐신은 평생 결혼을 하지 않은 관계로 친아들이 아니라, 누이의 아들이었다.

즉, 우에스기 겐신이 외조카인 그를 양자로 삼은 것이다.

우에스기 겐신은 다케다 신겐과 함께 군략으로 이름 높은 무장이었다. 그래서 에치고의 용이라는 칭호를 받을 정도였는데 우에스기 카게카츠는 양부에 비해 그리 출중하진 않았다.

다만, 가모 히데유키와 다른 점이라면 주위에 우에스기 겐신 때부터 가문을 수호하던 훌륭한 중신들이 많다는 점 외에, 카게카츠 본인이 가신단의 말을 잘 듣는다는 게 달랐다.

웅태는 황진처럼 연대 수색중대를 보내 파고들 틈을 찾았다.

한데 틈이 없었다.

우에스기 카게카츠는 그들이 취약한 남쪽에 능력이 뛰어난 가신을 보내는 등, 철저히 대비해 파고들 틈이 거의 없었다.

웅태는 길전을 불렀다.

"어찌 생각하는가?"

"피해가 클 거 같습니다."

"그래도 군령은 군령이니 해봐야하지 않겠나."

잠시 고민하던 길전은 비장한 얼굴로 고개를 끄덕였다.

"알겠습니다. 제가 한 번 뚫어보지요."

"부탁하네."

"제가 전사하면 도성에 있는 제 가족을 돌봐주십시오."

"그 점은 걱정하지 말게."

그 말에 안심한 길전은 부하들과 함께 매복해있던 언덕 위에서 내려갔다. 왜군 3번대는 근능골마을을 중심으로 진채를 내린 상태였는데 동구 밖에 2중, 3중으로 목책을 쳐놓아 목책을 뚫기 위해서는 막대한 희생을 감수할 수밖에 없었다.

비장한 각오로 목책을 향해 전진하던 중 뜻하지 않은 행운이 굴러들어왔다. 치열한 교전을 예상했던 적이 갑자기 북서쪽을 향해 몸을 돌린 것이다. 북서쪽에는 왜군 5번대가 주둔한 범님이골이 있었는데 무언가 일이 생긴 모양이었다.

"1연대가 해냈구나."

왜군이 순간적으로 다른 곳에 정신을 팔린 사이.

길전은 그 틈에 재빨리 전진해 왜군 진채와의 거리를 좁혔다.

"그걸 던져라!"

길전의 외침에 부하들이 달려와 죽폭다발을 목책에 던졌다.

빙글빙글 돌며 날아가던 죽폭다발이 목책에 떨어지는 순간.

콰콰쾅!

땅이 흔들리는 엄청난 굉음과 함께 목책이 있던 자리에 구멍이 뚫렸다. 더구나 죽폭다발이 터지며 생긴 하얀 연기가 목책 근방을 온통 하얗게 물들여 일부러 연막을 피운 듯했다.

"쳐라!"

소리친 길전은 벌떡 일어나 앞으로 뛰어갔다.

탕탕!

머리 옆에서 조총의 탄환이 지나가는 소리가 살벌하게 들렸다.

길전은 조준사격을 피하기 위해 갈지자로 달려가며 죽폭이 터지며 생긴 연기 속으로 몸을 힘껏 날렸다. 바닥에 착지한 후에야 조총 총성이 줄어들며 여유가 생겼다. 왜군이 있는 방향을 계산한 길전은 다시 일어나서 왼쪽으로 달려갔다.

연막을 나오는 순간, 죽폭다발이 만든 구멍이 보였다.

길전은 손에 쥔 용아로 통로 입구를 막아선 왜군을 조준했다.

타앙!

총구가 들리기 무섭게 옆으로 몸을 날린 길전은 바닥에

엎드려 고개를 들었다. 조총으로 그를 겨누었던 왜군이 바닥에 쓰러져 뒹구는 모습이 눈에 들어왔다. 길전을 쫓아온 부하들이 용아를 발사하니 구멍 주월 방어하던 왜군이 자빠졌다.

탕탕탕!

용아의 총성과는 확연히 다른 조총의 총성이 울리며 옆에서 달려오던 부하 몇 명이 그대로 쓰러졌다. 길전은 눈을 덮은 철모를 들어 방금 부하들을 죽인 총의 총성이 어디서 들렸는지 찾았다. 그가 있는 곳은 낮은 언덕 밑이었는데 총성은 북서쪽 5미터 지점에 있는 유개호 안에서 들려왔다.

길전은 탄띠에 걸어놓은 죽폭을 떼어 죽을힘을 다해 던졌다.

펑!

화약 냄새가 밴 흙더미가 언덕 밑으로 쏟아져 내리며 어지럽게 울리던 총성이 그쳤다. 길전의 부하들 역시 길전처럼 죽폭에 불을 붙여 그들을 공격하는 참호 안으로 투척했다.

쾅쾅쾅!

폭음이 연달아 울리며 흙먼지가 하늘을 뒤덮었다.

철모의 턱 끈을 바짝 조인 길전은 벌떡 일어나 외쳤다.

"돌격하라!"

소리친 길전은 방금 부순 유개호 앞으로 뛰어갔다.

마침 그가 도착했을 때는 유개호 안에서 피칠 갑을 한 왜군 하나가 비틀거리며 걸어 나오는 중이었다. 길전은 장전해둔 용아를 가슴에 쏘아 왜군을 쓰러트렸다. 그리곤 죽폭 하나를 더 떼어 유개호 안에 굴려넣었다. 펑하는 소리가 유개호 안에서 들려오며 나무로 쌓은 유개호 지붕이 무너졌다.

"모두 참호 안으로 들어가라!"

지붕이 무너진 유개호 안으로 뛰어든 길전은 벽에 기대 죽어있는 왜군을 바닥으로 끌어내렸다. 그리곤 항왜연대가 있는 남쪽이 아니라, 근능골이 있는 북쪽으로 용아를 거치했다.

다른 참호들 역시 항왜연대 병사들의 맹렬한 공격에 직면했다.

용아를 발사하려던 항왜병 하나는 탄환이 약실에 걸려 발사에 애를 먹었다. 그때, 유개호에 있던 왜군이 조총의 장전을 마쳤는지 총구를 항왜병에게 겨누었다. 마음이 급해진 항왜병은 죽폭에 불을 붙인 채 유개호 안으로 몸을 날렸다.

펑!

죽폭의 폭음이 울리며 항왜병은 물론이거니와 유개호 안에 있던 왜군 두 명이 즉사했다. 항왜병은 마치 죽음을 두려워않는 전사들처럼 보였다. 비록 희생은 따랐지만 3번대가 설치한 강력한 방어진을 돌파해 전선을 장악하기 시작했다.

항왜연대의 기습은 곧장 3번대 수뇌부에 전해졌다.

3번대 수장 우에스기 카게카츠가 나오에 가네쓰구에게 물었다.

"남쪽을 기습당했다는 게 사실이오?"

나오에 가네쓰구는 별로 놀랄 일 아니라는 듯 침착하게 답했다.

"예, 영주님. 조선군이 양동작전을 펴는 모양입니다."

좀처럼 감정을 드러내지 않는 우에스기 카게카츠였지만 지금은 화를 주체할 수 없는지 화난 음성으로 따지듯이 물었다.

"남쪽을 방어하면 조선군의 양동작전에 말리지 않을 거라 하지 않았소? 한데 반 시진 만에 패하다니 헛심 쓴 게 아니오?"

나오에 가네쓰구가 어린 아이를 달래듯 엷은 미소를 지었다.

"제 생각에는 남쪽을 수비하던 병사들이 5번대의 변고를 듣는 바람에 잠시 당황하는 사이, 조선군이 기습해온 듯합니다. 누구도 일이 이렇게 공교롭게 흐를지는 몰랐을 것입니다."

나오에게 가네쓰구의 대답에 우에스기 카게카츠가 화를 냈다.

"바보 같은 가모놈들! 그거 하나 제대로 못 막아서 당하다니!"

"들려온 소문에 따르면 철마산에서 5번대를 기습한 조선군 장수가 황진이라 하더군요. 황진이면 아주 유능한 장수입니다. 가모의 어린 주군께서 상대하기에는 벅찬 인물이지요."

우에스기 카게카츠가 목소리를 낮춰 물었다.

"그럼 5번대가 위험한 게 아니오?"

"위험하지요. 많이 버텨보았자 2, 3일 것입니다."

"2, 3일이라……. 우리와 5번대는 지금 이와 잇몸과 같은 관계인데 5번대가 전멸하면 우리군 역시 위험해지는 게 아니오?"

나오에 가네쓰구가 고개를 끄덕였다.

"그럴 겁니다."

"그대의 고견을 듣고 싶소."

"고견이랄 게 없습니다."

"그게 무슨 소리요?"

"지금은 후퇴하는 방법 외에 다른 방도가 없습니다."

나오에 가네쓰구의 대답에 우에스기 카게카츠가 흠칫해 물었다.

"마에다 도시이에가 우리의 후퇴를 용납하겠소?"

"용납하도록 만들어야지요. 아시겠지만 후퇴도 기술이 필요합니다. 우선, 위험에 처한 5번대를 구하는 척 하십시오. 그러나 절대 깊이 개입해선 안 됩니다. 잘못하다가는 우리까지 끌려들어가 옥석구분(玉石俱焚)당할 위험이 있습니다."

"그 후에는 어찌 하오?"

"남쪽이나, 동쪽으로 후퇴하는 것은 위험합니다. 조선군은 분명 우리가 남쪽이나, 동쪽으로 후퇴할 걸 예상해 그 곳에 함정을 파두었을 겁니다. 그렇다면 오히려 아무도 생각하지 못하는 방향으로 치고 나가는 게 확률이 가장 높습니다."

우에스기 카게카츠도 그렇게 우둔한 인물은 아니었다.

그는 나오에 가네쓰구가 무엇을 말하는지 바로 알아들었다.

"오히려 적 본대가 있는 남서쪽을 치자는 말이오?"

"그렇습니다. 운이 좋다면 포위한 조선군에게 막대한 피해를 줄 수 있을 것입니다. 그리고 운이 나쁘더라도 최소한 퇴로를 열 수는 있을 것입니다. 영주님의 의향은 어떠십니까?"

"그대의 말이 맞는 듯하오."

"그럼 그렇게 준비하겠습니다."

"알겠소."

나오에 가네쓰구는 남동쪽의 진채를 점거한 항왜연대를 경계하며 시간이 더 흐르길 기다렸다. 얼마 후, 예상한 대로 5번대의 가모가문에서 급히 지원을 요청하는 사자가 도착했다.

5장. 기습(奇襲)

光海鑑

5장. 기습(奇襲)

나오에 가네쓰구는 우에스기 카게카츠 대신 가모가문의
사자를 만나 지원을 약속했다. 그리곤 바로 지원군을 준비
시켰다. 다만, 문제는 지원군이 준비하는데 시간이 걸린다
는 점이었다. 5번대 지원을 맡은 우에스기가문의 중신은
혼죠였는데 거북이처럼 느릿느릿 움직여 가모가문의 애를
태웠다.

물론, 이는 나오에 가네쓰구의 밀명을 받은 탓이었다.

그것을 알 리 없는 가모가문의 사자는 나오에 가네쓰구
를 찾아가 불평을 터트렸다. 그의 입장에서는 당연한 일이
었다.

우에스기가문이 지원군을 보내준다고 철석같이 약속한

것은 좋았는데 그 후에 자꾸 시간을 끄는 게 불만이었던 것이다.

자기 가문은 망하게 생겼는데 이와 잇몸의 관계에 있던 우에스기가문은 천하 태평한 모습이니 열불이 천장이나 치솟았다.

결국, 혼죠가 우에스기가문의 지원군과 함께 5번대가 있는 범넘이골에 도착했을 때는 이미 거의 전멸 직전에 놓여 있었다.

혼죠는 싸우는 척만 하다가 얼른 물러섰다.

"이래선 우리마저 당하겠소. 우선 돌아가서 훗날을 도모합시다."

혼죠의 말에 가모가문의 사자는 울상을 지었다.

그러나 그가 할 수 있는 일은 없었다.

혼죠가 시간을 끌 때부터 이런 운명을 예견했었다.

"가려면 가시오. 나는 여기 남아서 주군과 운명을 같이 하리다."

가모가문 사자의 말에 혼죠가 고개를 끄덕였다.

"훌륭하오! 그럼 내세(來世)에서 봅시다."

대담한 혼죠는 그대로 기수를 돌려 근능골로 도망쳤다.

혼죠가 부하들과 함께 근능골로 돌아간 후 가모가문의 사자는 정기룡의 2연대를 향해 단기필마로 달려들어 자결했다.

5번대를 무너트린 황진의 1연대와 정기룡의 2연대는 범넘이골에서 곧장 왜군 3번대가 주둔한 근능골쪽으로 진격해왔다.

그리고 길전의 분전으로 남쪽의 방어선을 돌파한 항왜연대는 남동쪽에서 우에스기가문의 3번대를 협공하기 시작했다.

거기에 수세에 있던 선거이의 강원사단과 강원사단을 도와 3번대를 저지하던 국경인의 5연대, 김덕령의 6연대가 사방에서 몰아치며 우에스기 카게카츠의 숨통을 끊으려하였다.

근위사단 사단장 권응수는 각지에서 오는 장계를 받아 읽어보았다. 1연대가 기습에 성공해 일단 범넘이골에 있는 왜군 5번대는 궤멸하는데 성공했다. 그렇다면 이제 남은 왜군은 근능골에 있는 우에스기 카게카츠의 왜군 3번대였다. 3번대를 없애면 포위당한 강원사단을 구출하는 게 가능했다.

"왜군이 포위망을 빠져나가지 못하도록 단단히 옥죄어 두어라!"

"예!"

"왜군은 필시 병력이 적은 남동쪽의 항왜연대를 기습할 것이다! 더구나 항왜연대는 동쪽과 남쪽의 넓은 지역을 동시에 막아야 해서 병력이 빠듯한 편이다! 6연대장 김덕령

에게 급히 남쪽으로 이동해 항왜연대의 부담을 덜어주라
고 해라!"

"예!"

권응수의 명을 받은 전령들이 사방으로 달려갔다.

그로부터 얼마 지나지 않았을 때였다.

강원사단 왼쪽을 수비하던 김덕령의 6연대 병력이 항왜
연대가 지키는 남쪽으로 이동해 항왜연대 부담을 덜어주
려 하였다.

사방에서 몰아치는 조선군의 공격을 침착하게 방어하던
우에스기 카게카츠는 나오에 가네쓰구의 조언대로 기회가
오길 기다렸다. 마침 강원사단 좌익을 수비하던 조선군이
남쪽으로 이동해 비교적 허술한 남동쪽을 강화하는 모습
이 보였다.

"지금이다! 전 군 남서쪽으로 진격해라!"

우에스기 카게카츠는 군선을 펼치며 남서쪽으로 진격을
명했다.

그 즉시, 3번대 1만여 명의 왜군은 강원사단이 지키는
남서쪽으로 진격해 들어갔다. 이에 깜짝 놀란 6연대장 김
덕령은 급히 회군하여 강원사단 좌익을 방어하려했으나
이미 말머리가 동쪽으로 돌아간 상태에서 회군하기란 쉽
지가 않았다.

강원사단은 3번대와 5번대에 너무 시달린 나머지 지금

은 부상병 천지였다. 그런 상태에서 3번대의 맹공을 견디기는 그리 쉽지 않았다. 선거이는 하는 수 없이 길을 열어 주었다.

3번대는 선거이가 연 길로 급속 남하해 포위망을 벗어났다.

그 소식을 들은 권응수는 대노했다.

"추격해라! 놈들을 이대로 살려 보내선 안 된다!"

권응수의 명에 의해 1연대, 2연대, 5연대, 6연대, 그리고 황왜연대가 모두 부산방향으로 퇴각하는 3번대를 추격했다.

근위사단에서 본부연대와 3연대, 포병연대를 제외한 주력으로 이런 전력이라면 어떤 적과 싸워도 승기를 잡을 수 있었는데 우에스기 카게카츠, 아니 그의 가신 나오에 가네쓰구의 전술이 아주 교묘해 좀처럼 추격에 성과가 나오지 않았다.

원래 수비보다 어려운 게 공격이었다.

그리고 그런 공격보다 어려운 게 바로 퇴각이었다.

팽팽하던 승부가 대패로 끝나는 이유는 바로 퇴각 중에 큰 피해를 입어서인데 나오에 가네쓰구는 유연하며 교묘한 전술을 거듭 사용해 근위사단 주력의 추격을 가볍게 벗어났다.

그 바람에 근위사단 주력은 생각보다 더 남쪽으로 이동했다.

한편, 서쪽에서 시마즈 요시히로의 6번대를 방어하던 3연대장 정문부 역시 강원사단을 공격하던 왜군 3번대와 5번대가 차례대로 무너졌으며 지금은 남쪽으로 도망치는 왜군 3번대를 근위사단의 주력부대가 추격 중이라는 전갈을 받았다.

그렇다면 이제 밀양에 남은 적은 시마즈 요시히로 하나였다.

정문부는 직접 경상사단 사단본부를 찾아가 곽재우를 만났다.

"동쪽전선은 정리가 끝난 모양입니다."

여전히 붉은 갑옷을 입은 곽재우가 심각한 얼굴로 대꾸했다.

"나도 방금 전에 똑같은 전갈을 받았소."

"그래서 드리는 말씀인데 우리도 서둘러야하는 게 아닙니까?"

"그게 무슨 말이오?"

"왜군 6번대가 이 자리에 있으면 근위사단 본대는 남하하기가 쉽지 않습니다. 측면이 드러나 있으니 찜찜한 일이지요."

곽재우가 팔짱을 꼈다.

"으음, 그건 맞는 말이오. 그러나 신중할 필요가 있소. 상대는 임진년에 우리를 고생시켰던 그 시마즈 요시히로요. 이 자는 돌파를 좋아해서 틈을 보이면 틀림없이 뛰어들 것이오."

"그럼 저희 3연대가 앞장서겠습니다. 경상사단은 뒤에서 저희를 지원해주십시오. 그렇게 하면 이중으로 방어할 수가 있으니 시마즈군의 돌파를 두려워할 필요가 없을 것입니다."

정문부의 의지가 워낙 강한지라, 곽재우는 그를 말릴 방도가 없었다. 정문부의 작전대로 3연대가 앞장서는 사이, 그의 경상사단은 그 뒤에 견고한 방어진을 쳐서 혹시 있을지 모르는 시마즈군의 돌파를 사전에 차단하기로 합의를 보았다.

만반의 준비를 갖춘 정문부는 곧장 날랜 호랑이처럼 시마즈군을 향해 뛰어들었다. 용아를 쏘거나, 죽폭을 던지며 뛰어드는 기세가 워낙 사나워 왜군은 초장부터 밀리기 시작했다.

맹장으로 소문난 시마즈 요시히로는 명성과 달리, 군을 뒤로 물리며 정문부의 3연대를 당해내지 못하는 모습을 보였다.

시마즈 요시히로는 실제로 근위사단이 사용하는 신무기를 보며 깜짝 놀랐다. 근위사단 3연대가 사용하는 용아는 그들이 사용하는 조총과 형태만 비슷할 뿐, 성능이 전혀 달랐다.

우선 사거리가 비약적으로 증가했다.

조총의 탄환은 적을 맞힐 경우, 확실히 죽이거나, 부상 입힐 수 있는 살상사거리가 50미터 내외였다. 그리고 조총으로 효과를 볼 수 있는 유효사거리는 70, 80미터에 불과했다.

한데 용아의 탄환은 살상사거리가 100미터가 훌쩍 넘었다. 그리고 당연히 유효사거리 역시 조총의 몇 배에 해당했다.

이런 상태에서 서로 교전할 경우, 조총의 탄환은 3연대를 맞추지 못하지만 3연대가 발사한 용아의 탄환은 시마즈군을 맞힐 수 있었다. 즉, 어른과 아이의 싸움처럼 흘러가버렸다.

또, 관통력에서도 차이가 컸다.

조총의 탄환은 갑옷을 뚫기는 하지만 완전히 꿰뚫지는 못했다.

반면, 용아로 쏜 탄환은 그들이 입은 갑옷을 가볍게 관통했다.

그리고 그보다 더 무서운 점은 사람의 몸속에 파고들어가 내부 장기를 이리저리 휘젓는다는 점이었다. 용아에 사용하는 신형 탄환 탄두에는 열십자 모양의 홈이 있어 사람의 몸에 박힐 경우, 열십자 홈이 나팔꽃처럼 사방으로 벌어졌다.

평범한 탄환은 관통하는 경우가 대부부분이었다. 그리고 확률이 높진 않지만 뼈에 맞아 튕겨나가는 경우가 더러 있었다.

한데 이런 홈이 있어 벌어지는 탄두의 경우에는 관통하는 대신, 사람 몸속을 돌아다니며 장기를 찢는 경우가 많았다.

바로 할로우 포인트형태의 탄환인 것이다.

할로우 포인트에 맞으면 내부 장기가 찢어져 살아날 가능성이 없었다. 차라리 관통하는 게 생존확률이 더 높은 것이다.

세 번째 차이는 명중률에서 오는 차이였다.

활강형태의 총신을 사용하는 조총과 강선을 판 선조총은 명중률에 차이가 났다. 강선을 파면 탄환이 강선을 따라 회전하며 날아가는데 그러면 바람과 같은 대기의 환경에 영향을 덜 받을 수 있어 조총에 비해 명중률이 훨씬 높아졌다.

시마즈 요시히로는 3연대를 상대하며 임진란처럼 교전해서는 절대 이길 수 없다는 사실을 깨달았다. 부하들이 아무리 용맹해도 무기에서 이렇게 차이가 난다면 힘든 것이다.

3연대의 강력한 공격을 방어하며 물러서던 시마즈 요시히로는 며칠 전 직접 답사했던 용운산 왼쪽 산기슭으로 들어갔다.

3연대는 기세가 잔뜩 오른 상황이어서 놓치질 않았다.

시마즈군을 따라 용운산 주위를 도는 순간.

용운산 위에서 복병 한 무더기가 나타났다.

탕탕탕!

조총의 총성이 들려오며 우회하던 3연대 측면이 공격당했다.

"복병이다! 당장 산기슭에서 물러서라!"

정문부의 외침에 병사들은 급히 산기슭과의 거리를 벌렸다.

빈 논에 들어가 논길 위에 엎드린 정문부가 외쳤다.

"저 산기슭에 화력을 집중해라!"

정문부의 명이 떨어지는 순간.

병사들은 총구의 방향을 산기슭으로 돌린 채 방아쇠를 당겼다.

탕탕탕!

용아로 발사한 수백 발의 탄환이 산기슭을 초토화시켰다. 나무는 등걸 째 터져나갔으며 흙의 파편이 사방으로 튀었다.

정문부가 돌아보며 외쳤다.

"척탄병들은 죽폭을 던져라!"

잠시 후, 덩치가 좋은 척탄병들이 도움닫기를 하며 달려오다가 창을 던지듯 산기슭을 향해 불이 붙은 죽폭을 투척했다.

펑펑펑펑!

죽폭이 산기슭에서 폭발하며 곳곳에 화재가 발생했다.

며칠 동안, 비가 내리지 않아 바짝 마른 산기슭은 불이
나기 아주 적합한 조건이어서 금세 정상을 향해 번지기 시
작했다.

"1대대부터 전진해라!"

정문부의 명에 1대대장이 일어나 팔을 흔들었다.

"1대대 돌격!"

그 말에 함성을 지른 1대대 병사들이 산기슭을 향해 달
려갔다.

1대대 다음은 2대대였다. 그리고 2대대 다음은 3대대,
5대대, 본부대대 순으로 달려가며 산기슭과의 거리를 계
속 좁혔다.

본부대대와 함께 움직인 정문부가 바닥에 엎드려 귀를
기울였다. 한데 불이 붙은 나뭇가지가 타는 소리 외에는
조용했다. 마치 산기슭에는 사람이 없는 듯했다. 정문부는
혹시 하는 마음에 수색중대를 보내 용운산을 수색하게 하
였다.

잠시 후, 수색중대장이 돌아와 당황한 얼굴로 보고했다.

"용운산에는 적이 없었습니다!"

"산 위로 올라가보았느냐?"

"예, 장군. 불길이 약한 곳으로 올라가보았는데 마찬가지였습니다! 마치 불을 피해 모두 정상으로 도망친 듯 보였습니다!"

정문부는 다시 수색중대를 내보내 용운산을 우회한 6번대 본대를 추적하게 하였다. 수색중대는 다음 날 아침에 돌아왔는데 10여 킬로미터를 수색했음에도 흔적을 찾지 못했다.

6번대의 규모는 1만이 훌쩍 넘었다.

한데 그런 대군의 위치가 오리무중인 것이다.

등에 소름이 이는 것을 느낀 정문부가 급히 소리쳤다.

"경상사단에서 연락이 왔느냐?"

"아침에 오고 아직 입니다!"

정문부는 아차 하는 표정으로 급히 명을 내렸다.

"전령을 보내서 경상사단의 상황을 살펴봐라!"

"예!"

대답한 연대 통신과장이 바로 전령을 풀어 경상사단과 연락을 취했다. 얼마 후, 경상사단에서 연락이 왔는데 별 다른 일이 없다는 내용이었다. 정문부는 커다란 혼란을 느꼈다.

"용운산을 우회한 왜군이 경상사단을 기습하러 간 게 아니었단 말인가? 그럼 대체 그 많은 대군이 어디로 갔다는 말인가?"

정문부가 골머리를 썩고 있을 무렵.

조선군 사령부에 있던 이혼은 아침부터 날아들기 시작한 낭보에 기분이 좋았다. 강원사단을 끈질기게 공격하던 왜군 5번대는 거의 전멸했으며 3번대는 근위사단 주력에 쫓겨 부산으로 도망치는 중이었다. 이제 서쪽에 있는 경상사단과 3연대가 시마즈 요시히로의 6번대만 처리해주면 마에다 도시이에에게 당해 잃었던 주도권을 다시 찾아올 수 있었다.

이혼은 도원수 권율에게 명해 서쪽 전선을 빨리 처리하게 하였다. 명을 받은 권율은 그 즉시 서쪽에 전령을 파견했다.

그로부터 얼마 지나지 않았을 무렵이었다.

북서쪽에 있는 시내 너머에 뿌연 흙먼지가 일었다.

북서쪽에는 경상사단과 3연대 밖에 없어 처음에는 아군이 온지 알았다. 그러나 그게 착각이라는 것을 아는 데는 오랜 시간이 걸리지 않았다. 적이 시내를 건너기 무섭게 조총을 쏘기 시작한 것이다. 사령부를 지키던 병사들이 쓰러졌다.

사령부 호위는 근위사단 본부연대가 맡았다.

본부연대장 장윤이 말에 오르며 소리쳤다.

"모든 병력을 북서쪽 방향에 집중해라!"

장윤의 명령을 받은 병사들은 그 말대로 북서쪽으로 달려갔다.

자리를 잡은 병사들은 용아를 장전해 쏘기 시작했다.

시내를 건너오던 왜군이 바닥에 쓰러지기 시작했다.

어른의 무릎 높이까지 밖에 오지 않던 시내의 물은 어느새 시체로 가득해 녹색이던 물색 역시 붉은색으로 바뀌었다.

장윤이 시내를 저지선으로 삼아 왜군의 기습을 방어할 무렵.

금군대장 기영도가 이혼의 말을 가져왔다.

"전하, 어서 오르시옵소서!"

"과인에게 도망치라 말하는 건가?"

"전하, 불충을 용서하시옵소서! 이 벌은 나중에 받겠사옵니다!"

기영도가 이혼을 강제로 업어 군마 위에 실을 때였다.

탕탕탕탕!

북쪽에서 조총의 총성이 나더니 군막에 구멍이 숭숭 뚫렸다.

북쪽에서 총성이 들린다는 말은 포위당했다는 말과 다름없었다. 기영도가 이혼을 도피시키려던 방향이 북쪽이어서 얼른 동쪽으로 기수를 돌리는데 동쪽에서도 총성이 들렸다.

고삐를 잡아 말을 멈춘 이혼은 안장 위에서 뛰어내리며 물었다.

"포위당한 것이냐?"

기영도가 고개를 돌려 권율을 찾았다.

그러나 권율은 적을 맞으러갔는지 보이지 않았다.

하는 수 없이 기영도가 옆에 있는 부하들에게 소리쳤다.

"가서 어떤 상황인지 알아보아라!"

"예, 대장!"

대답한 부하가 나가기 무섭게 다시 돌아와 외쳤다.

"왜군에게 삼면을 포위당했습니다!"

이혼은 기영도 대신 그 금군에게 물었다.

"장윤은 뭐하는 중이더냐?"

"시내의 적을 막느라, 이곳으로 돌아올 틈이 없습니다."

이혼은 혀를 찼다.

전장을 떠도는 동안, 이혼의 군재(軍才) 역시 나날이 상 승해 기영도 부하의 설명을 듣는 순간, 적이 쓴 계책이 뭔 지 한눈에 들어왔다. 별동대를 보내 장윤의 본부연대를 사 령부에서 끌어낸 다음, 반대편에서 본대가 공격해 포위한 것이다.

사령부가 위험에 처한 모습을 본 장윤은 서둘러 돌아오 려 했으나 시내방향에서 온 왜군이 발목을 잡아끌며 놓지 않았다.

그렇다고 억지로 칼끝을 돌려 사령부를 구하자니 시내 는 건너 쫓아오는 왜군에게 뒤를 잡혀 구하려는 사령부보

다 오히려 먼저 당할 위험성이 있어 옴짝달싹 못하는 상황
이었다.

그때, 군막의 문이 열리며 도원수 권율이 들어왔다.

이혼은 급히 물었다.

"상황이 어떻소?"

"왜군이 사방을 포위해 위험한 상황이옵니다!"

"하면?"

권율은 다소 심각한 표정을 지으며 대답했다.

"아무래도 그것을 써야할 것 같사옵니다."

"으음. 알겠소. 방법이 없다면 할 수 있는 것은 다해봐
야겠지."

이혼의 허락을 받은 권율은 군막을 나와 주위를 둘러보
았다.

권율의 도원수부(都元帥府)는 5, 6백 명으로 이루어져
있었다. 그러나 대부분 참모거나, 아니면 전령이어서 싸울
수 있는 전투병은 그리 많지 않았다. 그래서 근위사단 본
부연대가 외곽 경비를 대신해주었다. 또, 도원수부는 물론
이거니와 이혼을 비롯한 궁궐 식솔들의 식사와 잠자리 역
시 책임졌다.

한데 도원수부를 지켜야할 본부연대가 왜군의 유인계에
당하는 바람에 북서쪽에 있는 시내 주위에 갇혀 있어, 도
원수부의 참모와 전령들이 본부연대를 대신해 왜군과 싸

워야했다.

병기와 전투에 익숙하지 않은 도원수부 병사들은 당연히 왜군 적수가 아니었다. 용아가 있음에도 연신 뒤로 후퇴했다.

그때였다.

기영도가 금군청 소속 금군 3백 명과 함께 밖으로 달려나왔다.

권율이 옆으로 다가오는 기영도에게 물었다.

"전하의 명인가?"

"예, 장군. 전하께서 도원수를 도와주라 하셨습니다."

"그럼 전하의 호위가 비지 않는가?"

"전하의 호위는 금군청 부대장이 맡을 것입니다."

어쨌든 어린애 손이라도 빌려야할 판이었는지라, 거절하지 못한 채 금군청의 도움을 받았다. 금군청은 이번에 5백 명을 데려왔다. 그 중 2백 명은 이혼의 호위를, 나머지 3백 명은 권율을 도와 시마즈군의 공세를 막았는데 금군청의 금군은 일반병사와 비교하기 어려울 만큼 실력들이 뛰어났다.

그 중에서도 기영도의 활약은 눈이 부실 지경이었다.

이혼을 따라다니며 생사가 오가는 격전을 여러 차례 치룬 기영도는 갈수록 실력이 늘어 조선에 적수가 없는 상태였다.

탕!

장전한 용아로 말에 탄 사무라이 하나를 저격해 쓰러트린 기영도는 주인을 잃은 채 날뛰는 군마를 향해 달려갔다. 그리곤 죽은 사무라이의 왜도 두 자리를 뺏어서는 군마에 올랐다.

자기가 태우던 주인이 아니어서 그런지 군마가 앞다리를 높이 들며 기영도를 떨어트리려하였다. 그러나 기영도는 발을 건 등자에 힘을 잔뜩 주어 군마를 통제해나가기 시작했다. 힘이 얼마나 억세던지 거품을 문 채 날뛰던 군마는 어느새 안정을 찾기 시작했다. 기영도는 고삐를 힘껏 당겼다.

그 즉시, 군마는 기영도가 원하는 방향으로 몸을 틀었다.

기영도는 옆에서 날아온 장창을 왼손의 왜도로 빗겨냄과 동시에 오른손에 쥔 왜도로는 왜군의 목을 향해 휘둘러갔다.

쉭!

날카로운 소음이 들리더니 왜군의 목이 일자로 벌어졌다. 기영도는 다시 말배를 차서 앞으로 달려 나가며 도원수부에 들어온 왜군을 밀어내기 시작했다. 양 옆에서 달려오는 왜군을 본 기영도는 양 손에 쥔 왜도를 양쪽으로 던졌다.

푹!

한 명은 가슴에, 그리고 다른 한 명은 배에 왜도가 박혀 쓰러졌다. 무기가 없는 기영도는 급히 말안장 옆으로 손을 뻗었다.

단창 자루가 손에 들어 왔다.

기영도는 왼손으로 고삐를 당겨 말을 세웠다. 그리곤 단창을 뽑기 무섭게 오른쪽 옆을 찔러오는 왜군 가슴에 찔러갔다.

푹!

단창 자루가 반이나 박혀 들어갔다.

장창을 놓친 왜군이 주춤하며 물러서더니 가슴에 박힌 단창의 창대를 잡으려하였다. 그러나 그걸 보고 있을 기영도가 아니었다. 기영도는 재빨리 단창을 한 바퀴 돌려 뽑아냈다.

기영도는 그 후에도 단창을 휘두르며 왜군을 밖으로 몰아냈다.

기영도가 군막 밖에서 맹위를 떨칠 무렵.

이혼 역시 군막 안에서 맹위를 떨치는 중이었다.

이혼은 기영도처럼 무예를 잘하지 못했다.

아니, 무예를 배울 시간조차 없다는 게 맞았다.

전장에 있을 때는 부대의 지휘로 인해, 그리고 전쟁이 끝난 후에는 산적한 정무로 인해 무예를 따로 배울 시간이 없었다.

그렇다고 목숨을 온전히 금군청에 맡길 수는 없는 노릇이었다.

금군청을 믿기는 하지만 사람 일이라는 게 어떻게 흘러갈지 아무도 모르는 것이어서 자기 몸을 지킬 무기가 필요했다.

마침 이혼은 그럴 만한 무기를 하나 알고 있었다.

아니, 그가 가장 잘 아는 무기라 하는 게 더 맞았다.

바로 그가 설계해 만든 용아가 있었던 것이다.

이혼은 사격연습을 위해서 이장손에게 자기가 사용할 용아를 만들게 하였다. 얼마 후, 이장손은 용아 열 자루를 가져왔는데 이혼은 그 중 한 자루를 가졌다. 그리고 나머지 아홉 자루는 용아제작에 공을 세운 장인에게 골고루 하사했다.

열 자루 모두 어총(御銃)으로 사용하기 위해 제작한 총이어서 자개를 화려하게 넣거나, 아니면 금과 은, 진주 등으로 장식하여 장인들은 보물을 하사받은 거와 다름이 없었다.

이혼은 먼저 고정된 표적을 상대로 훈련했다.

50미터, 100미터, 150미터, 200미터까지 거리를 늘려가며 훈련한 이혼은 곧 누구 못지않은 사격솜씨를 얻을 수 있었다.

그러나 이혼은 만족하지 않았다.

움직이지 않는 표적을 맞추는 일은 누구나 가능했다.

그리고 실제 전투에서 움직이지 않은 표적을 향해 발사하는 경우는 극히 드물어 보다 실전적인 훈련방법이 필요했다.

이혼은 고민 끝에 레저스포츠로 각광받는 클레이사격처럼 표적을 하늘로 날린 다음, 쏘아 맞추는 훈련방법을 고안했다.

그러나 무거운 용아로 하늘을 순식간에 가로지르는 표적을 맞추는 일은 아주 힘들었다. 용아는 일단 무거운데다 전장마저 길어 클레이사격과 같은 용도로 사용하기에는 무리였다.

이혼은 이를 해결하기 위해 용아의 총신을 짧게 자르는 개조를 단행했다. 그리고 탄환 역시 산탄총에 사용하는 탄환처럼 화약과 작은 쇠구슬을 탄피에 같이 넣어 새로 제작했다.

새로운 총과 새로운 탄피로 시험해본 결과는 아주 만족스러웠다. 이혼은 새로운 총에 용두(龍頭)라는 이름을 붙였다.

용두가 용아의 1차 개량형인 셈이었다.

이혼은 여기서 한 발 더 나아갔다.

권총개발에 나선 것이다.

소총은 다 좋은 데 휴대가 불편하다는 단점이 있었다.

그래서 휴대하기 쉬운 근접전용 개인화기, 즉 권총이 필요했다.

이혼은 용아의 크기를 줄여 권총을 만들었다.

권총의 이름은 용미(龍眉)였는데 용두와 마찬가지로 아직 시험개발 중이어서 용아처럼 제식용으로 보급하지는 않았다.

이혼은 금군청의 금군에게 둘러싸인 채 사방에서 덮쳐오는 왜군의 공격을 받았다. 조총의 총성이 어지럽게 울릴 때마다 방패를 든 채 경호하던 금군들이 차가운 시신으로 변했다.

부아악!

급기야 군막의 천이 찢어지며 창을 든 왜군이 들어왔다.

금군은 방패로 이혼을 보호하는 한편, 용아로 왜군을 쏘았다.

왜군 장창병들이 들어오기 무섭게 다시 나가떨어졌다.

그러나 이혼을 지키는 금군의 수는 고작 2백이었다.

그에 반해 사방에서 몰려드는 왜군의 수는 천이 넘어보였다.

아니, 도원수부를 공격하는 왜군을 다 합치면 수천에 이르렀다.

이런 대군 앞에서 2백은 없으나마나한 숫자였다.

용아의 총신이 터져나갈 때까지 방아쇠를 당겨도 적은

줄지 않았다. 오히려 죽이면 죽일수록 더 많은 적이 나타났다.

"으아악!"

비명을 지른 금군이 가슴을 부여잡으며 쓰러졌다.

이혼의 고개가 그쪽으로 돌아가는 순간.

탕!

조총의 총성이 가까이서 들렸다.

용아와 조총의 총성은 확연히 달라 구분이 쉬웠다.

조총은 불순물이 많이 섞인 흑색화약을, 용아는 이혼이 개조한 싱글베이스 무연화약을 사용해 총성에서 차이가 드러났다.

"이런!"

이혼은 급히 머리를 숙였는데 조총의 탄환이 머리 위로 지나갔는지 머리에 쓴 투구가 밑으로 떨어졌다. 이혼은 이를 악물었다. 가만있다가는 저항 한 번 못해본 채 죽을 판이었다.

"상선!"

이혼의 외침에 바다에 엎드려있던 조내관이 벌떡 일어났다.

"찾, 찾으셨사옵니까?"

투구를 다시 덮어쓴 이혼은 손을 내밀었다.

"내 무기를 주시오!"

"전, 전하, 전투는 금군에게 맡기시는 게……."

"이런 일을 한두 번 겪은 게 아니니 걱정할 필요 없소."

이혼이 고집을 피우는 통에 조내관은 하는 수 없이 가져온 무기를 이혼에게 건넸다. 이혼이 사격을 연습할 때 주로 사용하는 용아 두 정과 용두 한 정, 그리고 용미 등이었다.

이혼은 용아를 받아들며 명했다.

"연습할 때처럼 내가 빈총을 주면 상선은 탄환을 장전해주시오!"

"알겠사옵니다!"

상선은 장전에 관해서는 누구도 따라오지 못하는 전문가였다.

이혼이 사격연습을 하거나, 아니면 사냥을 나갈 때 이혼의 총에 탄환을 장전해주는 사람이 바로 조내관이었던 것이다.

용아를 쥔 이혼은 금군청 부대장을 불렀다.

"지금 당장 군막 밖으로 나가야겠다!"

"밖이 더 위험하지 않겠사옵니까?"

"놈들이 군막에 불을 지르면 큰일이다!"

이혼의 말에 부대장은 황급히 군막 밖으로 병력을 인솔했다.

군막을 나오기 무섭게 사방에서 날아든 횃불이 군막을
태우기 시작했다. 그가 조금만 늦었어도 화마에 휩쓸렸을
것이다.

금군에게 둘러싸여 밖으로 나온 이혼은 주위를 둘러보
았다.

기영도가 지휘하는 금군과 권율의 도원수부 병력들이
어떻게 해서든 도원수부 안으로 들어온 왜군을 몰아내려
애썼다.

몰아내기만 한다면 그들을 물리칠 방법이 있었다.

그러나 그 몰아내는 게 문제였다.

왜군은 계속해서 병력의 수를 늘리며 이혼의 목을 노려
왔다.

사실, 이번 전투는 시마즈 요시히로가 직접 지휘하는 중
이었다.

이혼이 국정원이나, 강행정찰연대를 통해서 왜군의 동
향을 파악하듯 왜군 역시 닌자나, 순왜를 동원해 조선군의
동향을 파악하기 위해 애썼다. 그 결과, 조선의 임금이 전
선 가까이에 있다는 사실을 안 시마즈 요시히로는 묘책을
세웠다.

우선 끈질기게 따라붙는 조선군 3연대를 용운산에 가둬
놓은 다음, 야음을 틈타 그야말로 바람처럼 북동쪽으로 올
라갔다.

북동쪽은 조선군의 정찰 범위 밖이었다.

3연대의 추격을 피해가며 북동쪽으로 전진한 시마즈군은 경상사단이 편 방어선마저 우회해 조선군 시야 밖으로 나갔다.

뒤늦게 당했다는 사실을 깨달은 정문부가 급히 수색중대를 보내 시마즈군의 행적을 찾았지만 이미 그때 시마즈군은 북동쪽으로 올라갔다가 남동쪽으로 다시 내려오는 중이었다.

방해를 받지 않은 채 조선의 중부지역을 횡단한 시마즈 요시히로는 조선군을 비웃었다. 전투가 일어나는 곳이 자기네 영토라는 생각이 강했는지 후방에 대한 경계가 형편없었다.

상대의 방심을 간파한 시마즈 요시히로는 먼저 별동대를 시내 쪽으로 보내 도원수부의 관심을 그쪽으로 끌었다. 시마즈 요시히로의 작전은 정확히 맞아떨어졌다. 적의 기습이라 여긴 장윤이 본부연대 병력을 시내방향으로 이끈 것이다.

시마즈 요시히로는 그 틈에 북쪽으로 더 올라가 그곳에서 남쪽으로 쳐내려가며 무방비상태인 도원수부 후방을 기습했다.

직접 전선 가까이 나와 전황을 살펴보던 시마즈 요시히로의 입가에 미소가 번졌다. 적은 숫자가 적어 곧 함락당할 위기에 처해있었다. 저 어딘가에 조선의 임금이 있다는 생각을 하니 몸이 후끈 달아올라서 손에 땀이 배일 지경이었다.

그 동안 이혼에게 당한 게 얼마인가.

고바야카와 다카카게, 후쿠시마 마사노리, 구로다 나가마사, 우키타 히데이에, 나베시마 나오시게 등 내로라하는 왜국의 영주들이 이혼의 손에 차례차례 목숨을 잃었다. 한데 그런 이혼을 마침내 자신이 잡기 일보직전인 것이다. 더구나 이혼은 세자가 아니었다. 지금 이혼은 조선의 임금이었다.

조선의 백성들이 왜국의 백성들과 달리 영주에 충성하는 게 아니라, 왕조에 충성한다지만 조선의 임금을 잡으면 전황을 유리하게 이끌 수 있는 것은 당연했다. 시마즈 요시히로는 상대를 더 몰아붙이기 위해 자신의 가신단을 내보냈다.

곧 말에 오른 사무라이 수백 명이 전선으로 달려갔다.

가뜩이나 밀리던 전선에 왜군의 기마무사까지 합세하니 방어하는 조선군은 그야말로 추풍낙엽신세를 면하기 어려웠다.

그때, 밖으로 나온 이혼은 금군에게 원진을 짜게 했다.

그리곤 방패를 세운 채 시내에 고립당한 본부연대로 이동했다.

이혼은 말을 탄 기마무사를 향해 용아를 조준했다.

클레이사격으로 단련한 사격술인지라, 말에 탄 채 달려오는 기마무사를 조준하는 게 그리 어렵지는 않았다. 기마무사가 이동하는 방향과 속도를 계산한 이혼은 방아쇠를 당겼다.

탕!

총구가 올라가는 순간, 말에 탄 무사가 모습을 감췄다.

명중한 것이다.

이혼은 용아를 버리고 손을 옆으로 내밀었다.

허리를 숙인 채 앉아있던 조내관이 얼른 용두를 건네주었다.

용두를 받은 이혼은 총구를 방패 위에 걸쳤다.

탕!

방아쇠를 당기는 순간, 산탄이 부챗살처럼 날아갔다.

"으아악!"

금군을 향해 돌격하던 기마무사 두 명이 말과 같이 나뒹굴었다. 군마는 발버둥을 조금 치다가 다시 일어났지만 기마무사 두 명은 말에 깔려 척추가 끊어졌는지 움직이지 못했다.

"어딜!"

이혼은 조내관이 준 용미를 받자마자 옆에서 장창으로 금군 옆을 찔러오는 왜군의 가슴을 겨냥해 방아쇠를 당겼다. 팔이 위로 들림과 동시에 장창을 쥔 왜군이 나가떨어졌다.

순식간에 네 명을 쓰러트린 이혼의 모습에 금군은 물론이거니와 근처에 있던 도원수부 병사들마저 사기가 크게 올랐다.

그야말로 신기에 가까운 사격술이어서 감탄을 금치 못했다.

이혼은 이동하며 사격했다.

이동하며 하는 사격은 역시 쉽지 않아 명중률이 많이 떨어졌다. 어렵게, 어렵게 전진한 결과, 이혼이 지휘하는 금군은 마침내 시내에 갇혀 있던 본부연대와의 합류에 성공했다.

장윤의 본부연대와 합류해 덩치를 불린 이혼은 반대로 고립당한 기영도와 권율의 도원수부 병력이 있는 곳으로 향했다.

처음에는 말도 안 되는 일처럼 보였는데 용아의 엄청난 화력과 금군의 분전으로 각개격파당하기 직전 용케 전멸을 피했다.

도원수 권율은 왜군을 점차 밀어내며 비장의 수를 준비했다.

도원수부 외곽에는 죽폭다발 수십 개가 매설되어있었다.

왜군이 지금처럼 이혼을 죽이기 위해 달려들 경우, 죽폭
다발을 일제히 터트려 기습한 왜군을 몰아내는 무식한 계
획이다.

그러나 왜군과 아군의 거리가 너무 가까우면 사용하기
어려웠다. 죽폭다발의 화력이 워낙 세서 동귀어진할 위험
이 있었다. 하지만 위험한 지경에 처한다면 다른 방법이
없었다.

아군을 얼마간 희생해서라도 이혼을 지키는 게 중요했
다. 권율은 조금씩 밀려나는 왜군을 보며 죽폭다발을 터트
리려 하였다. 그 사이에 다른 일이 일어나지 않는다면 말
이다.

"에잇!"

쌍소리를 내뱉은 시마즈 요시히로가 고함을 질렀다.

"이건 놈들의 마지막 발악에 불과하다!"

시마즈 요시히로의 독려를 받은 왜군이 다시 전열을 정
비해 덮쳐가려는 순간, 서쪽에서 엄청난 수의 총성이 들려
왔다.

시마즈 요시히로의 고개가 부러질 거처럼 빠르게 돌아
갔다.

"와아아!"

서쪽 논에서 함성을 지르며 달려오는 일단의 병사들이
보였다.

시마즈 요시히로의 눈이 찢어질 듯 커졌다.

그러나 곧 상대의 정체를 확인하곤 눈살을 찌푸렸다.

녹색에 가까운 군복에 검은색 철모를 쓴 조선군이었던
것이다.

조선군 앞에서 병사들을 선도하는 자는 3연대장 정문부
였다. 용운산에서 떼어놓은 줄 알았는데 그새 따라온 것이
다. 시마즈 요시히로의 얼굴이 신 것을 먹은 사람처럼 구
겨졌다.

6장. 격퇴(擊退)

光海錄

6장. 격퇴(擊退)

시마즈 요시히로는 냉정했다.

도원수부를 이 정도까지 몰아붙였으면 한 번 전력으로 몰아칠 법도 한데 상황이 예상과 다르게 흘러가는 모습을 보는 순간, 미련 없이 부대를 뒤로 물려 남동쪽으로 퇴각했다.

도망치는 시마즈군을 보며 정문부는 화가 머리 꼭대기까지 치솟았다. 시마즈군에게 낚인 그가 용운산에서 시간을 낭비하는 사이, 정작 시마즈군은 북쪽을 우회해 도원수부를 직접 타격하는 재주를 부렸다. 더욱이 권율의 도원수부는 평범한 도원수부가 아니었다. 도원수부 안에 임금 이혼이 있었기에 어쩌면 해서는 안 될 실수를 한 셈이었던 것이다.

"추격해라!"

소리친 정문부는 가장 먼저 도망치는 시마즈군의 뒤를 추격했다. 시마즈군은 과연 큐슈의 정예다운 움직임을 보였다.

전투에선 아무리 용맹해도 퇴각할 때는 모름지기 오합지졸로 변하기 마련인데 시마즈군은 오와 열을 갖추며 퇴각했다.

"쏴라!"

정문부의 외침에 3연대 병사들은 즉시 용아의 방아쇠를 당겼다.

탕탕탕!

후퇴하던 시마즈군 후위가 추풍낙엽처럼 쓰러졌다.

시마즈 요시히로는 급히 가신 한 명에게 3연대를 막게 하였다.

잠시 3연대와 시마즈군 가신이 이끄는 병력 간에 교전이 일어났다. 그러나 수와 병기의 질에서 앞서는 3연대는 곧 시마즈군 가신이 이끄는 결사대의 저항을 뿌리칠 수 있었다.

3연대는 다시 도망치는 시마즈군을 추격했다.

그 모습을 본 도원수 권율은 급히 전령을 보냈다.

"지금은 전하의 안위가 우선이니 더 이상 쫓지 말라고 해라!"

"예!"

말에 오른 전령은 급히 앞서가는 3연대를 추격했다.

그 시각, 시마즈군을 추격하던 3연대는 천둔산 앞에서 다시 한 번 시마즈가문의 가신이 지휘하는 결사대의 저항에 막혀 있었다. 그러나 이번에도 가볍게 무찌른 3연대는 시간이 갈수록 사기가 끓어올랐다. 서쪽전선에서 시마즈군을 막을 때는 방어가 우선이었다. 서쪽전선에서 시마즈군을 막는 사이, 본대가 왜군 3번대와 5번대를 상대하는 것이 도원수부가 세운 작전의 골자여서 공격적으로 나서지 못했다.

한데 왜군 3번대와 5번대가 무너진 다음, 기세 좋게 공격적으로 나갔다가 오히려 시마즈군의 낚시에 당해 체면이 크게 상했다. 그런 상황에서 도망치는 시마즈군이 곱게 보일 리가 없어 미친개처럼 쫓아가 어떻게든 피해를 입히려하였다.

왜군 결사대의 저항을 뿌리친 3연대는 천둔산을 돌아 근처에 있는 계곡으로 들어갔다. 멀리 시마즈군의 깃발이 아른아른 보이는 게 그리 멀지 않은 곳에 왜군이 있는 듯하였다.

"서둘러라!"

소리친 정문부는 병사들을 독려하며 왜군을 추격했다.

천둔산 입구를 돌아 계곡 안으로 들어가는 순간.

탕탕탕탕!

사방에서 조총의 총성이 어지럽게 울리며 앞서가던 3연대 수색중대 병사들이 쓰러졌다. 정문부는 소름이 확 끼쳤다. 그제야 자신이 분노한 나머지 주변 수색을 소홀히 했다는 것이 떠올랐다. 식은땀을 흘린 정문부는 급히 부대를 멈췄다.

그러나 기회를 잡은 시마즈 요시히로는 그냥 보낼 생각이 없는 듯했다. 사방에서 몰아치며 3연대를 궁지에 몰아넣었다.

"퇴각해라!"

목이 터져라 소리치던 정문부의 눈에 앞에 있던 부관이 조총의 탄환에 맞아 벌집으로 변하는 모습이 들어왔다. 정문부는 앞으로 달려가 쓰러지는 부관의 부축하며 상태를 살폈다.

눈이 풀려 있는 모습이 이미 즉사한 듯했다.

"빌어먹을!"

주먹으로 땅을 내려친 정문부는 돌아서서 퇴각을 지휘했다.

3연대가 지나쳤던 천둔산 입구에 도착하는 순간.

시마즈군은 더 이상 추격할 의지가 없는 듯 다시 퇴각했다.

한 숨 돌린 정문부는 부하들의 상태를 살폈다.

선두에 서서 길을 트던 1대대는 1대대장이 전사하는 등, 피해가 막심했다. 2대대와 3대대 역시 1대대에 비해 피해가 적을 뿐이지, 상당한 피해를 입어 전열 재정비가 필요했다.

정문부는 비명에 죽어간 부관의 얼굴이 떠올랐다.

임진란 때부터 동고동락하던 부관이었는데 자신의 욕심으로 인해 꽃을 채 피워보지 못한 채 전사하는 결과가 발생했다.

그때, 도원수 권율이 보낸 전령이 뒤늦게 당도했다.

전령은 들에 누워있는 부상병들과 한쪽에 쌓아놓은 병사들의 시신을 보며 놀란 표정으로 달려와 권율의 명을 전했다.

"도원수께서 깊이 들어가지 말라는 명을 내리셨습니다……."

말을 하는 전령도, 그 말을 듣는 정문부도 표정이 좋지 못했다.

결국, 책임을 통감한 정문부는 연대장임을 증명하는 신표(信標)와 임진왜란에서 세운 공으로 이혼에게 받은 보검을 양손에 받쳐 든 채 도원수 권율을 찾아가 벌을 달라 청했다.

권율은 혀를 차며 정문부를 돌려보냈다.

"승패는 병가지상사라하였으니 다음부터는 조심하도록 하시오. 다만, 오늘의 패배를 잊어선 안 될 것이오. 그건 오늘 전투에서 죽어간 부하들에 대한 예의가 아니니까 말이오."

면목이 없는 정문부는 고개를 떨어트렸다.

"장군의 조언, 뼈에 깊이 새기겠습니다."

"그렇다고 아무런 처벌을 하지 않는다면 병사들이 불만을 가질 거이오. 인사과에 6개월간, 녹봉을 반으로 줄이라 하겠소."

"관대한 처사에 몸 둘 바를 모르겠습니다."

정문부에게 벌을 내린 권율은 이혼을 찾아가 물었다.

"도망친 왜군은 어찌 하시겠습니까?"

"도원수의 말대로 무리하게 추적할 필요는 없을 거 같소. 우선 전열을 정비한 연후에 본격적으로 남하하도록 합시다."

"예, 전하."

권율은 이번에 피해가 적지 않았던 선거이의 강원사단과 근위사단 1연대, 3연대를 후방으로 돌려 병력 충원을 서두르라 명했다. 대구에는 도원수 산하에 설치한 육군훈련소가 있었다. 그래서 신병을 보급 받는 게 다른 곳보다 쉬웠다.

그리고 이번 전투에서 전사한 전사자들은 임시 관에 안

치하여 바로 대구에 보냈다. 대구 국립묘지에 일단 매장을 했다가 유가족이 원할 경우, 고향으로 이장(移葬)할 계획이었다.

또, 대구에는 임시로 설립한 육군병원이 있었다.

지금은 내의원 소속 의원과 의녀들이 내려와 근무하는 중이었는데 이번 전투에서 부상을 입은 병사들은 바로 육군병원으로 이송하여 치료를 받도록 하였다. 부상병의 부상이 심해서 더 이상의 복무가 불가능하다는 판정을 의원들이 내리면 제대와 동시에 연금을 받으며 생활할 수가 있었다.

연금은 넉넉했다. 5인 가족이 넉넉하게 생활할 수 있는 금액이어서 장애를 입은 아픔을 어느 정도는 치유할 수가 있었다.

1연대, 3연대, 강원사단이 전열 정비를 위해 대구에 돌아가 있는 동안, 나머지 부대는 남쪽으로 내려간 왜군을 쫓았다.

이혼은 금군청 금군 5백 명에 둘러싸여 부산포로 출발했다.

4월 중순에 접어든 날씨는 따뜻해서 활동하기가 아주 좋았다.

다만, 낮과 밤의 일교차가 커서 감기에 걸리는 병사들이 계속 나오는지라, 이혼은 권율에게 병사들의 위생에 각별히 신경 쓰라는 지시를 내렸다. 지금은 왜군이 문제가 아니었다.

오히려 문제는 내부에 있었다.

전염병이라도 도는 날에는 왜군을 상대하기 전에 내부에서 먼저 무너질 위험이 있어 병사들의 위생을 각별히 관리했다.

"전하, 소장을 죽여주시옵소서!"

하루는 권응수와 강행정찰연대장 최배천이 찾아와 죄를 청했다.

최배천은 근위사단 앞에서 이동하며 적을 정탐하는 게 임무였는데 이번에는 마에다 도시이에의 기동전에 완벽히 당했다.

근위사단을 향해 북상하는 왜군 병력이 고니시 유키나카의 1번대 밖에 없다는 생각에 정찰범위를 남쪽으로 좁혔다가 동해안을 따라 올라온 왜군 3번대, 5번대에 기습을 당했다.

강원사단이 3번대와 5번대에 기습당해 위험에 처한 것까지는 괜찮았다. 한데 마치 시간차공격처럼 서쪽의 외진 길을 이용해 경상사단의 좌측을 기습한 왜군 6번대를 빠트린 것은 정말 돌이킬 수 없는 실책이었다. 하마터면 시마즈 요시히로가 지휘하는 6번대에 의해 이혼이 죽을 뻔했던 것이다.

실책을 깨달은 근위사단 사단장 권응수와 정찰임무를 담당한 강행정찰연대의 연대장 최배천 두 명은 도원수 권율을 찾아와 죄를 청했다. 그러나 최배천은 몰라도 근위사단 사단장인 권응수를 자기 재량으로 처리하기에는 어렵다는 판단을 내린 권율은 죄를 청하는 두 사람을 이혼에게 보냈다.

도원수가 지금의 육군참모총장이라면 권응수는 1군사령관과 같은 위치여서 다른 장수들처럼 막 대하기가 어려웠다. 육군참모총장과 1군사령관은 직위만 다를 뿐, 계급은 같았다.

한데 정작 이혼은 두 사람을 다시 권율에게 보냈다. 계급은 같을지라도 총사령관은 권율이었다. 이는 임금이나, 병조판서가 아니라, 도원수 선에서 정리해야할 일이라 생각했다. 또, 도원수의 지휘권을 보장해주기 위해 내린 결정이었다.

권율은 전시임을 들어 두 사람을 파직하거나, 육군 교도소로 보내지는 않았다. 그렇다고 죄를 묻지 않을 수는 없어 정문부처럼 6개월 동안 녹봉을 반으로 줄이는 처벌을 내렸다.

신상필벌(信賞必罰)을 마무리 지은 이혼은 부산으로 내려가며 생각에 잠겼다. 마에다 도시이에가 느닷없이 전력을 동원해가며 기동전을 펼친 이유를 얼핏 알 수 있을 거 같았다.

'적은 우리의 포병을 두려워한다.'

임진란에서 왜군을 가장 힘들게 했던 상대는 근위사단의 포병연대였다. 왜군은 포병연대를 동원한 전투에서는 모두 패했다. 국지전에서는 이겼을지 모르겠지만 전체적으로 보면 왜군은 포병연대의 포격에 맥을 추지 못할 때가 많았다.

임진왜란 막바지에 벌어진 부산회전(釜山會戰)에서 견고한 성을 버린 채 야전에서 승부를 보려했던 이유 역시 근위사단의 포병연대를 두려워해서였다. 도성공방전을 벌일 당시, 이혼이 동원한 포병연대의 포격에 두께가 몇 미터에 달하는 성벽이 무너지는 모습을 보며 왜성으로는 근위사단 포병연대의 공격을 당해내지 못할 것임을 일찍부터 알았다.

왜국은 야포를 사용하지 않았다. 그런 관계로 성을 지을 때는 단단하게 짓는 게 아니라, 보병이 침투하지 못하게 복잡하게 지었다. 또, 혼마루처럼 사방을 감시하며 조총이나, 활을 쏠 수 있는 망루형태로 건축해 포병의 상대가 아니었다.

그런 성들은 포병의 용란 한 방이면 불에 타서 없어질 것이다.

도요토미 히데요시에게 죽은 우키타 히데이에를 대신해

조선출병의 전권을 위임받은 마에다 도시이에는 조선의 포병을 제거하지 못하면 이 전쟁에서 승리할 수 없다는 것을 알았다.

포병을 상대하는 방법은 두 가지였다.

하나는 포병을 양성해 맞상대하는 법이었다.

마에다 도시이에는 나가사키에 들어와 있는 서양인들을 통해 화포를 도입하려하였다. 그러나 화포는 조총보다 훨씬 도입하기 어려워 쉽지 않았다. 결국, 마에다 도시이에는 두 번째 방법을 택해야했다. 두 번째 방법은 포병이 전개하지 전에 치고 빠지는 기동전이었다. 포병의 기동은 보병보다 훨씬 느리기에 마에다 도시이에의 방법은 괜찮은 듯 보였다.

실제로 고니시 유키나카의 1번대를 이용해서 조선군을 혼란에 휩싸이게 만들었다. 조선군의 포병이 급히 1번대가 있던 가산저수지방향으로 전개하는 사이, 몰래 우회한 3번대와 5번대가 근위사단의 측면을 지키던 강원사단을 기습하였다.

조선군 수뇌부는 위험에 처한 강원사단을 지원하기 위해 가산저수지에서 막 전개에 들어가던 포병연대를 급히 강원사단 쪽으로 돌렸다. 그러나 거리가 멀어 포병연대가 도착해 포를 쏘기 시작했을 때는 이미 3번대와 5번대가 사거리 밖으로 물러난 뒤였다. 그 후, 3번대와 5번대는 포병의 사거리 밖에서 치고 빠지는 작전으로 강원사단을 압박하였다.

조선군 수뇌부는 이래서는 대치가 끝나지 않을 것 같다는 생각에 보병 뒤에 있던 포병연대를 전방 앞으로 전개하였다.

포병연대가 전방에 선 후 전멸당할 위기에 처했던 강원사단은 구사일생으로 목숨을 건졌다. 한데 그 순간, 가산저수지에서 있던 고니시의 1번대가 갑자기 우회하여 도원수부를 공격했다. 고니시의 1번대를 저지하기 위해선 다시 포병이 필요했지만 포병은 지금 강원사단을 지원나간 상태였다.

다행히 1연대와 항왜연대 분전으로 고니시 유키나카를 잡는 등, 성과를 보였지만 등골이 서늘한 순간이 아닐 수 없었다.

그 날 저녁, 넓은 공터를 골라 진채를 세운 권율은 권응수와 곽재우에게 왜군의 야습에 대비해 물 샐 틈 없는 방비를 하라 일렀다. 잠시 후, 권응수는 이혼과 도원수부를 둘러싼 전방에 2연대를 배치했다. 그리고 좌우에 5연대와 6연대를 세웠으며 후방에는 항왜연대를 세워 방어를 강화했다.

경상사단장 곽재우 역시 야습에 대비했다.

각 부대의 점고를 마친 권율은 이혼을 찾아와 보고했다.

"숙영할 준비를 모두 마쳤사옵니다."

"수고했소."

고개를 끄덕인 이혼은 지도를 내려놓으며 물었다.

"대구에 돌아가 병력을 보충중인 부대는 언제 내려오는 것이오?"

"3연대는 내일 도착할 거라는 전갈을 받았사옵니다. 그리고 1연대는 시간이 더 필요해 글피쯤으로 예상하는 중이옵니다."

"그럼 선거이의 강원사단은?"

"송구하오나 당분간은⋯⋯."

권율의 대답에 이혼은 미간을 찌푸렸다.

"지독히 당한 모양이군."

"그런 듯하옵니다."

"그럼 일단 강원사단은 전력에서 제외한 채 다시 전략을 세워야겠군. 도원수는 왜군이 앞으로 어떻게 나올 거라 생각하오?"

권율 역시 그 점을 계속 생각해왔는지 바로 대답했다.

"전처럼 기동전이 아니겠사옵니까?"

"그렇게 생각하는 이유가 무엇이오?"

"왜군이 대규모 회전보다는 치고 빠지는 식의 기동전을 연속해 구사하는 이유는 근위사단이 지닌 포병전력을 두려워해서이옵니다. 그렇다면 앞으로 이어질 전투 역시 기동전으로 흐를 가능성이 현재로서는 가장 많다는 생각이 드옵니다."

권율의 생각은 이혼의 생각과 정확히 일치했다.

속으로 흡족해한 이혼은 다시 물었다.

"도원수는 왜군이 노리는 최종적인 목표가 무어라 생각하시오?"

"하삼도의 점령이나, 남부 해안도시의 점령이 아니겠사옵니까?"

이혼은 고개를 저었다.

"과인의 생각은 다르다오."

"왜군에게 다른 목표가 있을 거라는 말씀이시옵니까?"

"그렇소. 왜군은 지금 시간을 끌려는 거요."

"무엇을 위한 시간 말이옵니까?"

권율의 질문에 이혼은 목소리를 낮춰 대답했다.

"과인은 도요토미 히데요시가 죽기를 기다리는 거라 생각하오."

"아!"

권율은 얼마 전 읽은 국정원 보고서가 떠올랐다.

임진왜란에 참전한 왜국 영주들 중 상당수는 실제로 조선, 아니 하삼도지방정도는 충분히 점령할 거라 내다보아 적극적으로 나선 감이 있었다. 하삼도를 점령한다면 엄청난 영지가 생기는 셈이니 공을 세워야 그 영지를 받을 수 있었다.

그러나 정유재란은 임진왜란과 달랐다.

정유재란을 강력하게 원한 사람은 왜국에서 단 한 사람이었다.

바로 도요토미 히데요시인 것이다.

국정원의 분석에 의하면 도요토미 히데요시는 요사이 광증이 더 심해져 길어야 2년이라는 평가가 지배적이었다. 그렇다면 왜군은 도요토미 히데요시가 살아있는 2년 동안 조선에서 어떻게든 버티는 수밖에 다른 도리가 없었다. 만약, 도요토미 히데요시의 명을 어긴 채 철군한다면 관에 한 발짝 걸쳐놓은 히데요시일지라도 불벼락을 피하기가 어려웠다.

시간을 끄는데 있어 가장 좋은 방법은 농성이었다.

그러나 포병이 있는 조선군을 상대로 농성하는 방법은 좋지 않았다. 그렇다면 왜성을 지어 농성하기보단 지금처럼 치고 빠지는 전략으로 나가는 게 가장 좋은 방법일 수 있었다.

이혼과 권율의 생각은 정확히 일치했다.

왜군이 앞으로도 계속 기동전 위주의 치고 빠지는 전략을 사용할 거라는 예측이었다. 그러나 그 예측이 틀린다면? 그때는 그야말로 잘못 예측한 대가를 톡톡히 치러야할 것이다.

미간에 주름을 만든 이혼은 얼굴을 찌푸리며 고개를 저었다.

"과인과 도원수의 예측이 이처럼 정확히 일치하기는 하지만 그 예측을 뒷받침할만한 증거는 아직 나오지 않은 상태요."

이혼의 말이 끝나기 무섭게 권율의 고개가 밑으로 내려갔다.

"소장 역시 그렇게 생각하옵니다."

이혼은 권율과는 말이 잘 통한다는 생각을 하며 말을 이었다.

"적이 서전(緒戰)을 기동전으로 장식하기는 했지만 이후에도 기동전으로 나오리라 장담할 수는 없으니 그에 대한 대책이 필요할 것이오. 도원수는 그 대책이 무어라 생각하시오?"

눈을 내리 깐 채 잠시 고민하던 권율이 고개를 들었다.

"한 번 시험해보는 게 좋겠사옵니다."

이혼의 눈이 조금 커졌다.

"왜군이 어떻게 나오는지 말이오?"

권율이 고개를 끄덕였다.

"그렇사옵니다."

권율의 말을 잠시 곱씹던 이혼은 미소를 지으며 물었다.

"왜군이 우리 예측대로 나온다면 어찌할 것이오?"

이미 모든 계획이 머릿속에 서있는지 권율은 지체 없이
답했다.

"포병을 전면에 배치할 것이옵니다."

이혼의 질문이 속사포처럼 이어졌다.

"왜군이 우리 예측과 반대로 나온다면 그때는 어찌할
것이오?"

권율이 결연한 표정으로 대답했다.

"오히려 바라던 바이옵니다. 왜군이 성에 들어가 농성
한다면 대룡포와 신용란을 이용해 충분히 제압할 수 있사
옵니다."

이혼은 권율의 작전에 빈틈이 없다는 점에 만족했다.

"좋소. 그렇게 해보시오."

"황송하옵니다."

군례를 올린 권율은 밖으로 나와 권응수와 곽재우를 불
렀다.

잠시 후, 두 사람이 차례로 들어와 권율에게 군례를 올
렸다.

"앉으시오."

자리를 권한 권율은 바로 이혼과 나눈 대화를 설명했
다.

먼저 입을 연 사람은 권응수였다.

"그럼 부대배치는 어떻게?"

"전하와 내가 예측한대로 왜군이 정말 치고 빠지는 식으로 나온다면 정면이 아니라, 측면 또는 후방을 기습하려 할 것이오. 그러니 측면과 후방에 대한 경계를 좀 더 강화하도록 하시오. 왜군이 어디서 나타날지 지금으로선 알 수 없소."

권율의 대답이 끝나기 무섭게 곽재우가 물었다.

"예측이 틀릴 때는 어떻게 합니까?"

권율은 지체 없이 대답했다.

"왜군이 성에서 농성하거나, 아니면 대규모 회전을 준비한다는 소리이니 당분간 전투는 없을 것이오. 즉, 전투가 벌어진다면 기동전을, 전투가 없다면 농성이나, 회전이라 생각하면 편할 것이오. 두 장군은 돌아가서 이를 준비해주시오."

"알겠습니다."

대답한 권응수와 곽재우는 부대에 돌아가 준비를 시작했다.

다음 날 출발하기 전, 권응수는 좌우와 후방을 강화하기 위해 대구에서 막 도착해 지친 3연대를 전방에 배치했다. 그리곤 아직 힘이 있는 2연대와 5연대를 좌우양쪽에, 6연대를 후방에 배치해 혹시 있을지 모르는 왜군 기습에 대비하였다.

권응수가 바쁘게 움직일 무렵.

곽재우는 느릿느릿 움직이는 지금 상황이 마음에 들지 않았다.

그의 시선이 바닥으로 향했다.

어디로 가는지는 모르지만 작은 개미들의 행렬이 이어졌다.

"우리보다 너희들이 더 빠를 것 같구나."

곽재우는 점점 더워지기 시작한 날씨와 좀처럼 움직이지 않으려는 도원수부에 짜증이 치밀기 시작했다. 밀양에서의 전투는 대승으로 끝났다. 왜군의 기동전에 위험한 순간을 맞은 것은 사실이었다. 그 결과, 선거이의 강원사단은 전열에서 이탈해 근위사단은 날개 한 쪽이 무참히 꺾이고 말았다.

그러나 왜군 역시 만만치 않은 피해를 입었다.

주력인 여섯 개의 부대 중에서 1번대, 5번대가 궤멸을 당했다.

그냥 궤멸이 아니라, 말 그대로 전멸을 당해 1번대를 지휘하던 고니시 유키나카와 소 요시토시는 사로잡혔으며 5번대를 지휘하던 가모가문의 어린 영주, 가모 히데유키는 목숨을 잃었다. 서전에서 왜군은 반에 가까운 타격을 입은 셈이다.

이런 상황에서 도원수부는 오히려 행군속도를 늦췄다.

곽재우는 그 점이 마음에 들지 않았다.

기세가 올랐을 때 강하게 밀어붙이는 게 그의 방식이었지 지금처럼 기껏 오른 기세가 다 식을 때까지 뒤에서 미적거리는 것은 그의 방식과 대척점에 있는 지휘라 할 수 있었다.

참모장이 와서 조심스레 물었다.

"도원수부에서는 뭐라 하던가요?"

"왜군의 후방기습에 대비하라더군."

"그럼 배치를 바꾸시겠습니까?"

참모장의 질문에 곽재우는 고개를 저었다.

"음, 참모장이 알아서 적당히 배치하시오."

곽재우의 대답이 애매하다고 판단한 참모장이 서둘러 물었다.

"적당히 라면 어떻게?"

잠시 미간을 찌푸린 곽재우가 날카로운 목소리로 대답했다.

"본부연대 병력 중에 전투가 가능한 병력을 나눠서 후방과 좌우측면에 배치하시오. 그리고 수색중대는 상시 가동하시오."

곽재우의 대답에 참모장의 얼굴이 순간 어두워졌다.

곽재우는 이혼이 만든 새로운 군제를 싫어했다.

아니, 적응하지 못했다는 말이 맞았다.

이혼은 군대에 두 가지 혁명을 가져왔다.

하나는 직업군인의 대대적인 도입이었다.

그리고 다른 하나는 행정병과 전투병의 분리였다.

최악의 상황이 닥치면 행정병 역시 전투병처럼 적과 싸워야하겠지만 그 전까지는 행정병과 전투병이 서로 섞이지 않았다.

이혼은 이를 통해 군행정의 효율을 높이려하였다.

그러나 곽재우는 병사란 싸우는 사람이라는 개념이 더 강했다.

본부연대에서 행정이나, 군수 관련 업무를 보는 비전투요원을 경계임무에 배치하는 일 역시 이혼의 생각과 다른 것이다.

참모장은 다시 한 번 조심스런 목소리로 권했다.

"전방의 병력을 빼서 배치하는 게……."

"내 말 대로하시오!"

신경질이 묻어나오는 목소리였다.

참모장은 눈을 질끈 감으며 대답했다.

"알겠습니다."

대답한 참모장은 팽팽한 긴장으로 가득한 사단장 막사를 도망치듯 빠져나갔다. 곽재우는 상대하기 어려운 사람이었다.

어찌 보면 대쪽 같은 성격처럼 보이기도 하고 반대편에서 보면 너무 꽉 막혀 있어 협상이나, 타협을 모르는 거처

럼 비춰지기도 하였다. 어쨌든 상대하기 쉬운 사람은 아니
었다.

반면, 참모장은 성실한 사람으로 명에 따라 움직였다.

사단장 막사를 나옴과 동시에 본부연대에서 꼭 필요한
인원을 제외한 나머지 병사들을 나누어 좌우와 후방에 배
치했다.

다음 날 아침, 진채를 거둔 근위사단이 남하함에 따라,
우익을 맡은 경상사단 역시 진채를 거두어 그 옆으로 들어
갔다.

밀양에서 치열한 전투를 펼친 조선군은 천태산(天台山),
매봉산(妹峰山)을 지나 마침내 양산의 금정산(金井山)에
도착했다. 금정산에서 부산은 엎어지면 코 닿을 거리에 있
었다.

밀양에서 금정산으로 내려오는 동안, 우려했던 왜군의
기습은 없었다. 처음에는 바짝 긴장해 있던 병사들 역시
하루, 이틀 시간이 흐르기 시작하자 점차 마음을 놓기 시
작했다.

원래 나쁜 일들은 항상 그럴 때 일어나는 법이었다.

금정산에 멈춘 조선군은 산기슭을 따라가며 진채를 세
웠다.

근위사단이 금정산 앞에, 경상사단은 산 뒤에 진채를 세
웠다.

해가 완전히 저물기 기다린 조선군은 솥을 걸어 저녁을 지어먹었다. 작년에 수확한 햅쌀에 물을 넉넉히 부어 죽을 끓이듯 주걱으로 저어가며 끓이다가 말린 소고기와 채소 몇 가지를 넣어 같이 끓였다. 그다지 보기 좋은 음식은 아니었지만 영양과 맛이 모두 뛰어나 병사들이 좋아하는 식사였다.

밥을 지어먹은 병사들은 돌아가며 번을 섰다.

야간경계는 총성 없는 전투였다.

작전에 실패한 군인은 용서할 수 있어도 경계에 실패한 군인은 용서할 수 없다는 말이 괜히 나온 게 아니었다. 야간에 하는 경계 작전은 자신의 목숨은 물론이거니와 동료의 목숨, 그리고 더 나아가선 부대의 생존과 직접 연관이 있었다.

경상사단 후방을 경계하는 김준배(金俊培)는 원래 보병연대 소속이 아니었다. 그는 경상사단 본부연대 인사과에서 장교와 병사의 인사 관련한 문제를 처리해주는 행정병이었다.

행정병들은 대게 중인계급이 많았다.

중인은 과거를 볼 만큼 신분이 높지는 않지만 그렇다고 무지렁이 백성들처럼 일자무식은 아닌 사람들로 양반과 평민 중간에 끼어있었는데 주로 향리나, 서리, 역관 등에 해당했다.

관아의 행정이든, 군대의 행정이든 행정을 보려면 글을 알아야 해서 행정병은 양반이나, 중인처럼 글을 아는 사람이 맡아야했다. 그러나 양반은 무과시험을 통해 군에 들어오려 하지 평민처럼 갑사시험을 통해 군에 들어오려 하지는 않았다. 그러나 평민 중에는 글을 아는 사람이 적어 수를 채우기 힘들었다. 그래서 행정병은 주로 중인출신들이 맡았다.

김준배 역시 아버지가 지방의 향리인 중인출신의 자제였다.

경계에 나선 김준배는 두려움과 배신감을 같이 느꼈다.

두려움은 언제 닥칠지 모르는 왜군의 기습에 대한 두려움이었다. 그리고 배신감은 곽재우가 행정병을 대하는 태도에서 받았다. 지금 전초(前哨)에서 적을 경계하는 병사들은 대부분 본부연대 소속의 행정병들이었다. 그리고 원래 경계임무를 맡던 보병연대 병사들은 후방에서 대기 중이었다.

즉, 행정병을 먹잇감으로 내어준 다음, 적이 먹이를 잡기 위해 달려들면 그때 보병이 나서서 처리하는 작전이 분명했다.

김준배는 향리이던 아버지의 권유를 받아 군에 입대했다. 아버지는 시골 관청에서 일하는 흔해빠진 향리 중 한 명이었다. 향리는 나라에서 녹봉을 주지 않아 자구책을 알아서 마련해야했는데 막 부임해온 수령들이 고을 사정에 어둡다는 점을 이용해 관청의 재산을 빼돌리는 식으로 이뤄졌다.

김준배는 기억이 나는 시절부터 지금까지 옷이나, 먹는 거로 인해 곤란을 겪은 적이 없었다. 그런 것으로 볼 때 그의 아버지는 상당한 수완이 있었던 게 틀림없었다. 그러나 지금 임금이 등극한 후에는 하나부터 열까지 모두 바뀌었다.

임금은 등극한지 얼마 지나지 않아 그 동안 주지 않던 녹봉을 향리들에게 지급하기 시작했다. 향리들은 당연히 두 팔 벌려 환영했다. 녹봉은 녹봉대로 받고 횡령은 횡령대로 할 수 있으니 수입이 두 배로 늘어나는 것이다. 그러나 그들의 기쁨은 오래 가지 못했다. 임금은 수시로 암행어사를 파견해 부정을 저지른 관원과 향리들을 도성으로 잡아들였다. 그리곤 사람들이 보는 앞에서 목을 베어 효시했다.

아버지는 그가 생각해도 눈치가 정말 빠른 사람이었다.

조정이 녹봉을 지급한다는 소리에 오히려 겁을 잔뜩 집어먹었다. 나라에서 괜히 그들에게 녹봉을 줄 리 없다는 것이다.

아버지는 그 날로 더 이상 고을 살림에 손을 대지 않았다.

아버지의 예측은 정확했다. 아버지와 달리 고을 수령을 구워삶아서 계속 횡령을 일삼던 동료들은 암행어사의 감찰에 걸려 그 날로 고을 수령과 함께 도성에 끌려가 참수를 당했다.

김준배는 원래 아버지와 같은 고을 향리를 목표로 글을 배웠다. 그러나 그의 아버지는 고을 향리를 해서는 발전이 없다는 생각을 했는지 그에게 군대에 입대할 것을 권유하였다.

"지금 임금님의 성정으로 볼 때 군대는 발전할 일만 남았지 퇴보할 일은 절대 없을 것이다. 그러니 군에 입대해라. 그러면 입에 풀칠할 수 있거니와 잘하면 입신양명(立身揚名)하여 네가 우리 가문을 일으켜 세울 수도 있을 것이다."

아버지의 뜻에 따라 입대한 김준배는 도성 근처에 있는 육군훈련소에서 세 달 동안 훈련을 받았다. 사격, 행군, 경계 등 입에서 단내가 나는 훈련을 마친 후에는 경상사단 본부연대에 배속 받아 인사 관련 행정병으로 근무하는 중이었다.

김준배는 훈련소에서 경계 작전을 배운 이후에 처음으로 실전에 나선 상황이었다. 그 동안은 서류나 만지작거렸지, 지금처럼 축축한 참호 속에 들어와 밤을 샐 일이 거의 없었다.

눈을 크게 뜬 김준배는 하늘을 보았다.

초승달이 회색 구름에 들어갔다가 다시 나오기를 반복했다.

새파란 달빛은 녹색으로 물든 숲과 황토색 바닥을 모두 검은색이 도는 푸른빛으로 통일시켜버렸다. 그저 숲의 색이 바닥보다 좀 더 진하다는 것을 통해 어디에 숲이 있는지 확인하는 게 다였다. 김준배는 고개를 돌려 옆에 있는 오욱철(吳旭哲)을 보았다. 오욱철은 그보다 6개월 먼저 입대한 선임으로 같은 인사과에서 행정병으로 근무 중에 있었다.

오욱철은 용아를 가슴에 품은 채 꾸벅꾸벅 졸았는데 김준배는 깨울까하다가 그만두었다. 오욱철은 독사라는 별명이 있을 만큼 성격이 지독해 잘못 깨웠다가는 몇 달 동안 괴롭힐 건수를 줄 수 있었다. 김준배는 한숨을 길게 내쉬었다.

전초기지는 두 사람이 간신히 들어갈 만한 크기로 땅을 파서 만들었다. 그리고 기지 위에는 나뭇가지나, 낙엽을 지붕처럼 둘러 위장했는데 나뭇가지 사이에 살짝 틈을 내어 주변을 감시하는 식으로 경계가 이루어졌다. 김준배는 멜빵처럼 어깨에 두른 탄띠를 만져보았다. 탄띠는 어깨끈과 허리끈, 두 개로 이루어져있는데 어깨끈에는 주로 죽폭을 달았다.

손끝에 죽폭의 심지가 걸렸다.

전초기지에 들어가기 전, 3대대장이 해준 말이 문득 떠올랐다.

"적을 발견하는 즉시 죽폭에 불을 붙여 밖으로 던져라! 그러면 우리가 달려가 너희를 구해주겠다! 그러나 경계에 실패해서 적이 우리가 있는 지역까지 잠입한다면 경계실패의 책임을 물어 적이 들어온 방향에 있는 놈은 모조리 군사재판에 회부할 것이다! 모두 그리 알고 정신을 똑바로 차려라!"

"옛!"

가장 큰 목소리로 대답한 사람은 오욱철이었다.

그러나 오욱철은 전초에 들어오기 무섭게 김준배를 툭 쳤다.

"야, 나는 피곤해서 잘 테니까 넌 똑바로 보고 있어."

말을 마친 오욱철은 정말로 전초 벽에 등을 기댄 채 잠이 들었다. 배포가 큰 건지, 아니면 상황파악을 못하는 건지 여하튼 대단한 사람이었다. 김준배는 하는 수 없이 혼자 경계를 서며 제발 적이 나타나지 않길 하늘에 빌고 또 빌었다.

그러나 하늘은 그의 기도를 무시했다.

아니, 하늘은 그의 기도에 반대로 응답했다.

눈꺼풀이 천근만근 무거워졌을 무렵.

어둠에 익숙해진 그의 시야에 검은색 그림자가 천천히 그가 있는 쪽으로 다가오는 모습이 들어왔다. 파란 달빛 속에서 고양이처럼 은밀하게 움직이던 그림자는 근처에 조선군 전초가 있다는 것을 모르는지 행동이 이내 대범하게 변했다.

김준배는 직감적으로 상대의 정체를 파악했다.

'왜군이다.'

침을 꿀꺽 삼킨 김준배는 한겨울에 찬물을 뒤집어쓴 사람처럼 정신이 번쩍 들었다. 왜군에게 들켜 죽든, 아니면 신호를 보내지 않아 군법회의에 끌려가든 둘 다 최악의 경우였다.

김준배는 탄띠 어깨끈에 묶어놓은 죽폭을 떼어냈다. 그리곤 주머니를 뒤져 휴대용 부싯돌을 찾았다. 그러나 손이 덜덜 떨려 한 번에 잡히지 않았다. 이미 손은 땀으로 흥건했다.

그 사이, 주변을 수색하던 검은 그림자는 전초 옆을 지나더니 이내 돌아서서 짧은 휘파람을 연속해 불었다. 얼마 후, 숲이 만든 검은 그림자 속에서 사람의 그림자가 나타났다.

그림자는 곧 수십, 수백 개로 늘었는데 그야말로 간담이 서늘해지는 광경이었다. 거친 숨을 몰아쉬던 김준배는 휴대용 부싯돌이 손 안에 들어오는 순간, 반대편 손에 쥔 죽폭의 심지를 휴대용 부싯돌 안에 끼웠다. 그리곤 눈을 질끈 감으며 부싯돌에 힘을 준 채 죽폭의 심지를 밖으로 꺼냈다.

치익!

매캐한 연기가 좁은 전초기지 안을 가득 메웠다.

"으아악!"

괴성을 지른 김준배는 머리로 전초기지를 위장한 나뭇가지를 밀어내며 벌떡 일어나 손에 쥔 죽폭을 앞으로 힘껏 던졌다.

그러나 총망중에 던진 죽폭은 멀리 날아가지 않았다.

아니, 오히려 근처에 있는 나무에 튕겨서는 전초기지를 통과했던 그 검은 그림자 옆으로 떨어졌다. 김준배의 얼굴이 두려움에 질려 하얗게 변하는 순간, 검은 그림자는 죽폭에 대해 잘 아는지 급히 몸을 날리더니 발로 심지를 문질렀다.

김준배는 절망했다.

심지가 충분히 탈 때까지 기다리지 않은 바람에 실패한 것이다.

전초기지의 위치를 확인한 검은 그림자는 날랜 걸음으로 다가와 등 뒤에 맨 왜도를 뽑아 휘둘렀다. 김준배는 급히 옆으로 몸을 날렸다. 검은 그림자가 휘두른 왜도는 김준배 대신에 잠에서 막 깨던 오욱철의 정수리에 깊숙이 박혔다.

철모를 쓰지 않은 오욱철은 비명조차 지르지 못한 채 죽어갔다. 김준배는 두 번째 죽폭을 꺼내 휴대용 부싯돌에 끼웠다.

그러나 뽑지는 못했다.

등 뒤에서 다가온 왜군 몇 명이 장창으로 그의 몸을 찔러왔다.

푹!

달군 쇠가 몸에 박히는 거 같은 통증과 함께 시야가 흐려졌다.

뿌옇게 변한 주변 풍경 속에서 동구 밖까지 나와 눈물로 전송하던 아버지와 어머니, 그리고 어린 동생들의 얼굴이 보였다. 그리고 고향 집과 집 앞에 있는 감나무가 보였다. 마지막으로 옆집에 살던 순이의 얼굴이 보였다. 어느 더운 여름날 밤, 몰래 훔쳐보던 순이의 뽀얀 속살이 아른거렸다.

그게 끝이었다.

더 이상은 아무것도 떠오르지 않은 채 하얀 백지로 변했다.

7장. 야습(夜襲)

7장. 야습(夜襲)

전초를 돌파한 왜군 별동부대는 경상사단의 후방을 야습했다.

불화살이 날고 조총의 총성이 합창하듯 쉼 없이 울렸다.

잠에서 깬 곽재우는 아차 싶어 좌우 양쪽에 대기하던 2연대와 3연대를 불러 기습당한 후방의 5연대를 지원하게 하였다.

그러나 왜군은 이미 그마저도 예상을 했는지 2연대와 3연대가 움직이기 무섭게 서쪽에서 치고 들어와 본부를 기습했다.

무섭도록 날랜 움직임이었다.

화가 잔뜩 난 곽재우는 애용하던 붉은 갑옷을 입은 채 말에 올라 본부까지 쳐들어온 왜군에게 직접 맞서갔다. 그러나 본부를 지켜야할 병력은 경계작전을 위해 파견 간 상태였다.

왜군은 거의 저항을 받지 않은 채 곽재우 앞까지 이르렀다.

적아를 구별키 어려운 혼전이 벌어지는 와중에 혼자 눈에 띄는 복장을 한 곽재우는 좋은 표적일 뿐이었다. 용기는 가상했다. 그러나 날아드는 총탄을 피하기는 어려운 일이었다.

탕!

수백 개의 총성 중에서 유독 하나만 선명하게 들려왔다.

그리고 그와 동시에 군마에 앉아 지휘하던 곽재우가 천천히 고꾸라졌다. 참모들이 급히 달려가 곽재우를 구했을 때는 이미 어깨에 탄환이 박힌 상태였다. 그나마 다행인 점은 탄환이 힘줄이나, 뼈를 부수지 않은 채 빠져나갔다는 거였다.

그래도 더 이상의 지휘는 불가능했다.

곽재우를 후방으로 이송한 참모장은 근위사단에 구원요청을 하는 동시에 어떻게든 왜군을 막아보려 했으나 새벽까지 이어진 전투에서 시종 끌려 다니다가 엄청난 피해를 입었다.

"5연대는 빨리 경상사단을 지원해라! 서둘러라!"

권응수가 급히 경상사단과 인접해있는 5연대를 보냈을 때는 이미 야습을 가했던 왜군이 금정산 전역에서 후퇴한 후였다.

한 발 늦은 것이다.

그 날 아침, 동이 트며 경상사단의 참상이 만천하에 드러났다.

기습을 당했던 후방의 5연대는 전멸했다. 또, 5연대를 구원하러갔던 2연대와 3연대 역시 기습당해 큰 피해를 입었다.

무엇보다 의병출신으로 임진왜란 극복에 있어 혁혁한 공을 세운 홍의장군 곽재우가 중상을 입는 커다란 피해를 입었다.

이는 마치 임진왜란의 공수가 뒤바뀐 거 같은 형세였다.

임진왜란 당시에 왜군은 정공법을, 조선군과 의병은 치고 빠지는 식의 유격전을 감행해 왜군을 계속 괴롭혔다. 한데 지금은 반대로 조선군은 정공을, 왜군은 유격전을 감행해 조선군을 괴롭혔는데 임진왜란과는 정반대의 모습이었다.

이혼은 피해를 입은 경상사단을 대구에 보내 전열을 정비토록 하였다. 또, 부상당한 곽재우는 대구에 있는 야전병원에서 최상의 치료를 받을 수 있도록 모든 지원을 아끼지 않았다.

곽재우의 재능이 아까운 것은 당연했다.

거기에 더해 홍의장군 곽재우란 이름이 의병출신 조선군 병사에게 주는 영향력이 대단해 이대로 죽게 할 수가 없었다.

다음 날, 국정원 정보원을 통해 경상사단을 무너트린 왜군의 정체가 밝혀졌다. 시마즈 요시히로 산하의 왜군 6번 대였다.

이혼은 쓴웃음을 지었다.

근위사단을 보호하기 위해 좌우 양쪽에 경상사단과 강원사단을 동원했는데 차례대로 전선에서 이탈해 근위사단은 마치 물가에 혼자 나와 있는 어린아이의 모습과 다르지 않았다.

물론, 그 어린아이는 조금 달랐다.

어떤 어른보다 힘이 셌던 것이다.

두 날개가 모두 꺾인 셈이었지만 이혼은 퇴각을 명하지 않았다.

그리고 전열을 정비한 경상사단과 강원사단이 도착하기를 기다리지도 않았다. 여름이 오기 전에 정유년의 전쟁을 깨끗이 마무리한다는 이혼의 생각에는 전혀 변함이 없었던 것이다.

어쨌든 이번 기습으로 왜군이 택한 전술이 유격전임을 안 이혼은 권율을 불러 일전에 상의한대로 움직이라 명령했다.

이혼의 막사를 나온 권율은 노을이 짙게 낀 금정산 자락을 응시했다. 구름이 가득한 게 오늘 밤도 달빛이 약할 듯했다.

"기습하기 좋은 날씨군."

어둠은 적에게 더 유리했다.

어둠 속에 숨어 접근한다면 아무리 수색정찰을 충실하게 하더라도 빈틈이 생겨 왜군의 접근을 허용할 수밖에 없었다.

3만에 이르는 대병력을 동원하면 완벽하게 경계할 수 있을 거처럼 보이지만 실상은 전혀 달랐다. 인간은 잠을 자는 행동으로 체력을 보충했다. 만약, 밤을 새운다면 인간이 지치는 속도는 배로 빨라져 결국 전투에서 패할 수밖에 없었다.

그런 이유로 밤에는 휴식을 취해야 해서 10분의 1, 즉 2, 3천의 병력으로 금정산 자락 전체를 경계해야하는 상황이었다.

권율은 반대로 생각해보았다.

"어둡기는 왜군 역시 마찬가지다."

조선군 역시 어둠을 이용할 수 있는 것이다.

어둠 속에 숨어 적의 시야에서 당분간 벗어나거나, 아니면 어둠이 내려앉은 틈을 이용해 반격작전을 구상할 수 있었다.

도원수부에 돌아온 권율은 사단장을 소집했다.

그러나 호응에 응답한 사람은 근위사단 사단장 권응수 하나였다. 강원사단을 지휘하던 선거이는 밀양에서 대패해 대구로 퇴각한지 오래였다. 그리고 금정산에 같이 내려와 있던 경상사단의 곽재우는 왜군의 기습을 받아 중상을 입었다.

권응수가 막사의 문을 젖히며 들어왔다.

어깨가 떡 벌어진 권응수는 언제 봐도 풍채가 대단했다.

"찾으셨다는 말을 들었습니다."

사내다운 굵직한 목소리였다.

강행정찰연대의 보고서를 읽던 권율은 고개를 위로 들었다.

그 앞에 권응수가 각진 턱에 힘을 잔뜩 준 채 서있었다.

"앉으시오."

권율이 가리킨 자리에 앉은 권응수는 더운지 철모를 벗었다.

권응수는 곽재우와 달리 이혼이 만든 철모와 위장무늬가 있는 군복, 그리고 그 위에 철판을 넣은 방탄조끼를 착용했다.

검은색 철모 정 가운데 사단장을 의미하는 금색 별 두 개만 없으면 일반 병사와 차이점이 거의 없는 복식과 복장이었다.

이혼은 휘하 장수들에게 두정갑과 같은 화려한 갑옷을 입지 못하도록 권유하는 중이었다. 화려한 갑옷은 부하들로 하여금 지휘관의 위치를 쉽게 파악할 수 있도록 만들어 주었다.

왜국의 영주들이 자신의 위치를 나타내기 위해 겉모양이 아주 화려한 우마지루시를 항상 대동하는 거와 같은 이치였다.

그러나 적 역시 지휘관의 위치를 쉽게 파악하는 단점이 있었다.

지휘해야할 지휘관이 가장 먼저 당한다면 그 전투는 필패였다.

한데 장수들은 이혼의 권유를 잘 따르지 않았다.

그들의 마음속에 들어가 보지 않아서 정확히 알 수는 없다. 하지만 병사들과 똑같은 형태의 군복을 입거나, 똑같은 철모를 착용하면 위신이 떨어지는 것으로 생각하는 듯했다.

반면, 권응수는 달랐다.

이혼을 존경하는 권응수는 무거운데다 화려하여 눈에 잘 띄는 두정갑 대신에 위장무늬가 있는 병사들의 군복을 입었다.

또, 시야에 제한을 받는 투구 대신에, 머리에 딱 맞게 설계한 새로운 철모를 착용했으며 옷 위엔 방탄조끼를 걸쳤다.

보고서를 옆으로 치운 권율은 어렵게 입을 떼었다.

"이젠 정말 근위사단 밖에 믿을 곳이 없게 되었소."

"부담은 크지만 왜군에게 지지 않을 자신이 있습니다."

시원시원한 대답이었다.

"좋소. 그럼 이제 왜군을 상대할 전략을 세워봅시다."

권율의 손짓을 본 부관은 얼른 금정산 지형을 그린 지도를 가져왔다. 며칠 전 급하게 제작한 지도치곤 꽤 정밀했다.

"왜군이 어제처럼 오늘 밤에도 야습을 가해올 거라 생각하오?"

권응수가 심각한 표정으로 고개를 끄덕였다.

"놈들의 의도가 시간을 끌어서 전열을 정비할 틈을 버는 거라면 오늘 밤에도 야습을 가해올 확률이 높다고 생각합니다."

권율의 손가락이 지도에 나와 있는 금정산 주위를 가리켰다.

"나 역시 그렇게 생각하오. 그래서 적이 어떻게 나올지 한 번 생각해보았소. 나 혼자 한 생각이니 비웃지 말아 주시오."

권응수는 상체를 바짝 세우며 고개를 숙였다.

"경청하겠습니다."

지도를 가리키던 권율의 손가락이 바쁘게 움직였다.

"어제는 경상사단이 있던 서쪽을 노렸다면 오늘 밤에는 금정산 북쪽이나, 동쪽을 노릴 거라 생각하오. 아니면 우리의 허를 찔러 남쪽에서 기습해올 가능성 역시 배제할 수 없소."

권응수가 지도 쪽으로 상체를 숙이며 대꾸했다.

"그럼 사방을 다 경계해야겠군요."

"그렇소. 그러나 경계하는 방식은 전과 달라야하오."

권율의 말에 권응수는 흥미가 도는지 코를 살짝 벌름거렸다.

이는 권응수의 습관으로 호기심이 생길 때 나오는 버릇이었다.

"어떻게 달라야합니까?"

권율은 지체 없이 대답했다.

"포병연대를 세 방향으로 나눈 다음, 전면에 배치할 생각이오."

탁자 위에서 건반을 치듯 움직이던 권응수의 손가락이 멈췄다.

"지원화기대대도 같이 움직이는 겁니까?"

권율의 고개가 시원하게 내려갔다.

"맞소. 이곳과 이곳, 그리고 이곳에 인공적인 회랑(回廊)을 깊이 파서 적이 들어오면 양편의 화기로 맹공을 가하는 것이오."

권응수는 그리 아둔한 사람이 아니었다. 그가 아둔했다면 이혼은 결코 분신과도 같은 근위사단을 맡기지 않았을 것이다.

권응수는 이혼과 권율이 세운 작전의 핵심을 바로 알아보았다.

"이는 적의 기습을 반대로 이용하는 작전이군요."

권율 역시 권응수와는 대화가 편한지 미소를 지었다.

"그렇소."

권응수의 눈동자가 빠르게 움직였다.

"이 작전은 두 가지 문제가 있습니다. 하나는 적을 회랑에 어떻게 끌어들이느냐가 첫 번째 문제입니다. 그리고 두 번째 문제는 시간이 부족하다는 점에 있습니다. 지금부터 서둘러 움직여도 자정 전에 포병을 전개하는 것을 불가능합니다."

권율은 알고 있다는 듯 빙긋 웃었다.

"그래서 내 특별히 권장군을 불러 이렇게 간곡히 부탁하는 것이오. 조선에서 이 일을 할 사람은 현재 권장군 밖에 없소."

권응수가 쓴웃음을 지었다.

"아무리 저라도 쉽지 않은 일입니다."

권율은 권응수의 말이 끝나기 무섭게 바로 말을 이어 붙였다.

"전하의 의중은 여름 전에 이 전쟁을 끝내는 것이오. 그렇다면 오늘 밤 반드시 성공해야하오. 만약, 오늘 밤 작전에 실패한다면 왜군은 우리의 의도를 눈치 채 다음부터는 절대 깊숙이 들어오려 하지 않은 채 시간만 끌 것이기 때문이오."

이혼이 등장한 마당에 권응수는 더 이상 거절할 명분이 없었다.

서둘러 도원수부를 나온 권응수는 근위사단에 돌아가 먼저 포병연대장 장산호를 소환했다. 그리곤 장산호에게 어떻게 해서든 자정 전에 포병을 세 방향에 전개하란 명을 내렸다.

장산호는 당연히 난색을 표했다.

적에게 들키지 않으려면 조명을 최소한으로 써야했다. 한데 그런 상황에서 자정 전에 전개를 마치라니 죽을 맛이었다.

권응수는 목소리에 힘을 주어 명령했다.

"보병연대 병력을 모두 동원해도 상관없소. 그러니 오늘 밤이 지나기 전에 반드시 포병을 방금 말해준 위치에 전개해야하오. 나 역시 현장에 나가 도울 테니 모쪼록 힘써주시오."

사단장이 이렇게 나오니 장산호는 거부할 명분이 딱히 없었다.

시간은 금이라는 말이 있었다.

더욱이 지금은 억만금을 줘도 바꾸기 어려운 게 시간이었다.

서둘러 밖으로 나온 장산호는 대대장 네 명을 불렀다.

"지금부터 이곳, 이곳, 이곳으로 대룡포와 신용란을 옮겨라! 부족한 인원은 보병연대에서 지원이 올 것이다! 횃불을 많이 쓰면 왜군의 밀정이 알아챌 위험이 있으니 횃불은 최소한만 사용해라! 그리고 말과 소의 입에 재갈을 물려두어라!"

"옛!"

대답한 대대장 네 명은 사방으로 흩어져 대룡포를 옮기기 시작했다. 대룡포의 총 중량은 1톤이 훌쩍 넘었다. 그런 대룡포를 경사가 있는 산기슭 위로 올리기 위해서는 튼튼한 수말과 힘이 좋은 황소, 그리고 사람의 손이 많이 필요했다.

포병에게 전투보다 더 힘든 게 포를 옮기는 작업이었다.

무한궤도를 사용하는 자주포(自走砲)가 아닌 다음에는 트럭 뒤에 트레일러처럼 견인해 이동하는 견인포(牽引砲)가 대부분이었는데 21세기에는 이를 엔진이 있는 트럭이 하였다.

하지만 15세기에서는 오로지 가축과 사람 손으로 해야 했다.

그러나 사람은 적응의 동물이었다.

짐승은 더 좋은 방법을 생각하는데 아주 오랜 시간이 걸리지만 사람은 단 시간 내에 문제점을 파악해 개선할 수 있는 능력이 있었다. 그리고 이 점이 인간과 짐승의 차이였다.

특히, 장산호는 포병전술 발전에 관심이 아주 많은 사람이어서 포병연대 병사들이 가장 힘들어하는 작업이 대룡포의 운반이라는 사실에 착안해 여러 가지 개선방법을 연구했다.

1톤이 넘는 대룡포를 잘 닦인 대로에서 옮기는 데에는 큰 문제가 없었다. 그러나 포장을 하지 않은 비포장도로에서 옮길 때는 바퀴가 부러지는 등 고생이 이만저만 아니었다. 그보다 더 최악은 지금처럼 산기슭에 포를 옮겨야할 때였다.

나무가 많은 숲과 바위지대를 통과하는데 시간이 엄청 걸려 1미터를 전진하는데 수십 분이 걸리는 경우마저 허다했다.

지금이야말로 장산호가 지금까지 연구한 방법을 실전에서 사용해볼 절호의 기회였다. 장산호는 자신감으로 가득했다.

장산호가 지원 온 2연대장 정기룡에게 부탁했다.

"2연대는 대룡포를 옮기려는 방향에 길을 내주시오."

"알겠소이다!"

대답한 정기룡은 부하들에게 소리쳤다.

"나무는 베어내고 바위는 옆으로 치워서 길을 내라!"

"옛!"

2연대 병사들은 그 즉시 나무를 베어냈다. 그리고 바닥을 골라 포병연대가 대룡포를 옮길 수 있도록 제반작업을 하였다.

2연대의 작업을 지켜보던 장산호가 돌아서며 외쳤다.

"대룡포의 바퀴를 공륜(空輪)으로 교체해라!"

"예, 장군!"

포병연대 병사들은 대룡포의 무쇠바퀴를 새 바퀴로 교체했다. 새 바퀴는 안이 움푹 들어가 있는 형태였다. 대로에서 이동할 때는 접지력(接地力)이 약해 공륜을 사용하지 않지만 지금과 같은 경우에는 다른 방법이 없어 공륜을 사용했다.

"공륜으로 교체를 마쳤습니다!"

부하의 보고에 고개를 끄덕인 장산호가 이어 다른 명을 내렸다.

"2연대가 만든 길에 철로(鐵路)를 깔아라!"

"옛!"

대답한 병사들은 수 미터 길이의 철로를 수레에서 꺼내와 2연대가 닦아놓은 길에 깔기 시작했다. 밑에 침목을 댄 다음, 그 위에 철로를 올렸다. 그리곤 쇠말뚝으로 다시 고정했다.

2연대 병사들이 합심하여 길을 다진 곳에 곧 쇠로 만든 길이 깔리기 시작했다. 그 모습을 지켜보던 장산호는 황소 네 마리를 데려와 대룡포와 연결했다. 포병연대 병사들이 잘 먹였는지 살이 바짝 오른 황소들은 허연 콧김을 굴뚝의 연기처럼 뿜어내며 대룡포를 산기슭 위로 끌어올리기 시작했다.

대룡포에 장착한 공륜은 속이 들어가 있는 형태였다. 그리고 바닥에 깐 철로는 위로 나와 있어 대룡포의 바퀴를 철로에 올린 다음, 앞에서 끌면 철로를 따라 대룡포가 움직였다.

포병연대 병사들은 황소가 힘이 달려 고생할 때마다 뒤에서 대룡포를 밀어주었다. 그 덕분에 어려운 고비를 한차례 넘길 수 있었다. 철로를 다 이동한 후에는 뒤에 있던 철로를 앞으로 끌어와 다시 설치했다. 그리곤 새로 설치한 철로로 대룡포를 옮겨 점차 산기슭 방향으로 이동하기 시작했다.

저녁에 시작한 작업은 한밤중까지 이어졌다.

정찰 나온 왜군이 볼 수 있어 횃불을 많이 만들지 못하는 관계로 포병연대 병사들은 이중고를 겪으며 작업에 매달렸다.

사단장 권응수는 본부연대 군수과장에게 명해 야식을 만들게 하였다. 그리곤 직접 야식을 가지고 병사들을 방문했다.

"모두들 고생이 많다. 이제 멀지 않았으니 힘을 좀 더 내다오."

"예, 장군!"

권응수가 가져온 야식으로 배를 든든히 채운 병사들은 잠시 휴식한 후에 다시 작업에 들어갔다. 그 날 밤, 자정이 지나기 전에 서쪽을 시작으로 동쪽, 북쪽에 포병전개를 마쳤다.

그리고 그와 동시에 포병연대 지원화기대대 소속 병사들은 그동안 아껴두었던 화차 1백여 문을 포병 앞에 배치했다. 사실 아껴두었다기보다는 사용 시기를 놓쳤다는 게 더 맞았다. 왜군이 기동전을 감행하는 바람에 사용할 틈이 없었다.

포병이 바쁘게 움직일 무렵.

본부연대 공병대대 소속 병사들은 용염을 왜군이 올만한 길목에 설치했다. 용염과 같이 쓰이는 용조는 매설하지 않았다.

용조의 목적은 적의 접근을 효과적으로 차단하는데 있는데 지금 같은 상황에서는 오히려 적에게 경계심만 줄 뿐이었다.

용염과 화차의 설치가 끝난 후.

사단장 권응수는 전 부대에 등화관제를 명했다.

밤이 깊어지며 남아있던 불빛마저 모두 어둠 속으로 사라졌다.

등화관제를 완료한 권응수는 각 연대에 은밀한 기동을 명했다.

원래 2연대가 남쪽, 5연대가 서쪽, 6연대가 동쪽, 그리고 북쪽에 항왜연대가 위치해 있었다. 그리고 근위사단 사단사령부, 근위사단 본부연대, 도원수부, 이혼의 왕실 등 조선군을 지휘하는 주요 사령부들이 네 연대의 가운데 위치했다.

한데 권응수는 외곽에 있는 이들 네 개 연대를 조금씩 옮겼다.

진채는 그대로 놔둔 채 몸과 무기만 챙겨서 시계 방향으로 이동했다. 그래서 2연대는 남서쪽, 5연대는 북서쪽, 6연대는 남동쪽, 항왜연대는 북동쪽으로 각각 이동해 자리했다.

달이 검은 구름 속으로 숨는 순간, 금정산에는 짙은 어둠이 내려와 바로 눈앞에 있는 물건조차 분간하기가 쉽지 않았다.

네 개의 보병연대 중 6연대가 맡은 방향은 남동쪽이었다. 금정산 남동쪽에는 작은 언덕이 봉분처럼 솟아있었는데 소나무와 허리까지 자란 풀, 그리고 바위가 넓게 펼쳐져있어 적이 아군의 감시를 피해가며 접근하기 좋은 지역이었다.

6연대 본부대대 수색중대의 중대장 김영환(金鈴煥)은 진채에서 100여 미터 떨어진 언덕 안쪽에 참호를 파 들어갔다.

투둑!

위에서 흙이 흘러내리며 한 사람이 참호 안으로 기어들어왔다.

부관 진규(眞圭)였다.

김영환은 머리가 참호 바닥으로 향한 진규를 부축해서 몸을 가눌 수 있게 도와주었다. 체구가 작은 진규는 마치 다람쥐가 쳇바퀴를 돌 듯 제자리에서 한 바퀴 돌아 바로 앉았다.

수색중대는 말 그대로 수색정찰이 주 임무여서 주로 체구가 작고 몸이 날랜 병사들을 뽑아 조직했다. 진규 역시 그런 병사들 중 한 명으로 머리가 좋아 자신을 보좌하게 하였다.

진규가 말 대신 고개를 끄덕여 고마움을 표시했다.

지금은 작전 투입 중이었다.

작전 투입 중에는 본대에 보내는 신호가 아닌 이상에는 목에 칼이 들어와도 입을 열지 못했다. 그게 그들의 규칙이었다.

가볍게 고개를 끄덕여 답례한 김영환은 진규가 들어온 자리에 다시 나무를 잇대었다. 그리고 그 위에 낙엽을 흩뿌렸다.

낮이면 모르지만 칠흑처럼 어두운 밤에는 이곳에 참호가 있다는 사실을 적이 알기 어려웠다. 왜군 역시 조명을 사용하기 힘들어 시야에 제약을 받는 것은 서로 마찬가지였다.

김영환은 나뭇가지를 이어놓은 곳에 작은 구멍을 만들었다. 달빛이 약한지 안으로 들어오는 것은 검은 어둠뿐이었다.

코를 구멍 쪽으로 향한 김영환은 크게 심호흡을 하였다.

그가 개코여서 냄새를 통해 적이 있는지 확인하려는 게 아니라, 좁은 참호 안에서 오래 지내다보니 맑은 공기가 그리웠다. 더욱이 며칠 동안 작전을 하느라, 제대로 씻을 틈이 없어 괴로웠다. 깔끔한 것을 좋아하는 여자가 근처에 있다면 두 사람 몸에서 나는 냄새를 맡고 진저리를 쳤을 것이다.

맑은 공기를 들이마신 김영환은 구멍에 코 대신, 눈을 가져갔다. 어둠에는 이미 익숙해질 대로 익숙해져있었다. 그래서 달빛이 거의 없음에도 움직이는 물체의 확인이 가능했다.

고개를 돌린 김영환은 그를 쳐다보는 진규의 시선과 맞닥뜨렸다. 진규는 손에 실처럼 생긴 작은 끈을 쥔 채 긴장한 눈으로 그를 보는 중이었다. 긴장하지 말라는 뜻에서 살짝 웃어 보인 김영환은 다시 고개를 돌려 정면을 주시하였다.

김영환은 진규가 예전에 한 말이 떠올랐다.

"꼭 성공해서 어머니께 효도하고 싶습니다."

그 말을 하는 진규의 표정에는 비장함이 가득했다.

진규의 말에 따르면 그는 아버지가 양반, 어머니가 노비인 얼자(孼子)였다. 양반이 정실이 아닌 첩에게서 자식을 낳으면 어머니의 신분에 따라 신분이 바뀌었다. 어머니가 양인이면 서자(庶子), 어머니가 노비와 같은 천인이면 얼자였다.

진규는 아버지가 양반이지만 어머니가 천인이어서 얼자였다.

서자와 얼자를 합쳐 서얼(庶孼)이라 부르는 것은 편해서 그러는 거지, 서자와 얼자의 신분이 같아서 그런 게 아니었다.

서자는 적자(嫡子)처럼 과거를 보거나, 아니면 유산을 상속받을 수 있는 권리는 없지만 그래도 신분은 양인에 해당했다.

그러나 얼자는 서자와 달리 양인과 천인 사이에 위치해

있었다. 얼자가 정식 양인으로 인정받기 위해선 보충군이라는 군역을 따로 이수해야만했는데 그 기간이 적지 않아서 매해 70일 동안 10년, 즉 700일가량을 근무하거나, 아니면 기간에 관계없이 1000일을 근무해야 양인으로 인정받았다.

신분제는 고려의 제도를 조선이 고치면서 변화를 거듭했다.

고려의 신분법은 간단했다.

부모가 둘 다 노비면 당연히 그 소생은 노비였다.

그리고 부모 둘 중 한 명만 노비여도 그 소생 역시 노비였다.

다만, 아버지가 노비인지, 어머니가 노비인지에 따라 거기서 태어난 노비의 소유주가 달라질 뿐이었다. 그러나 대부분 어머니 쪽이 노비였던 관계로, 둘 사이에 태어난 자식을 소유할 수 있는 권리는 그 어머니의 소유주들에게 돌아갔다.

고려의 기득권층은 이 점을 악용했다.

농장을 소유한 고려의 귀족과 불교의 사찰들은 농장에서 일할 노비를 충당하는 방법으로 이러한 제도의 빈틈을 노렸다.

귀족과 불교 사찰들은 그들이 소유한 여자 노비와 일반 양인의 혼인을 암중에서 부추겼다. 그러면 아버지는 비록 양인일지라도 어머니 쪽이 노비인지라, 그 자식들 또한 처음부터 노비로 태어났다. 더욱이 고려시대 노비 소유권은 종모법(從母法)에 의거하여 어머니를 소유한 귀족에게 돌아갔다.

귀족은 이러한 방식으로 자신의 농장에서 일할 노비를 계속 충당했다. 이는 농장의 가축을 불리는 거와 다르지 않았다.

귀족과 불교가 이런 방식으로 노비를 충원하다보니 자연스럽게 양인은 점점 주는 대신, 노비 숫자는 날로 증가하였다.

고려시대 역시 세금을 내거나, 군역을 치르는 등 나라를 떠받치는 층은 양인이었다. 그래서 양인이 줄고 노비가 늘어나면 당연히 나라의 재정과 기틀은 같이 흔들리기 마련이었다.

그리고 이는 고려 멸망의 단초로 작용했다.

고려가 어떻게 망해 가는지 똑똑히 지켜본 조선의 건국자들은 고려의 신분법에 수정을 가했다. 전에는 무조건 어머니의 신분에 따라 어머니가 노비이면 그 자식도 노비가 되었지만 조선시대에는 어머니가 노비일지라도 아버지가 관료, 즉 양반계층이면 서얼이라는 특수한 신분으로 취급하였다.

이는 노비를 줄임과 동시에 양인을 늘리기 위해 만든 제도였다. 그래서 세금을 내는 양인의 수가 만족할 만큼 늘어나면 기득권을 보호하기 위해서 제도를 수정해 노비의 숫자를 늘렸다. 그리고 노비가 늘어나 양인이 부족해지면 다시 이를 수정해 양인 수를 늘렸다. 즉, 제도가 제멋대로였다.

지금은 아버지가 관료이면, 어머니의 신분에 상관없이 서얼에 속하는 종부법(從父法)이 시행 중이어서 진규 역시 얼자로서 양인으로 인정을 받기 위해 군역을 치르는 중이었다.

한데 그런 제도에 수정을 가한 사람이 나타났다.

바로 이혼이었다.

이혼은 직업군인제도를 도입하며 신분제에 수정을 가하였다.

서얼이 만약 약정한 기한 동안 직업군인으로 복무해 기한을 채우거나, 아니면 부상, 또는 전사해서 명예 제대할 경우에 본인은 물론이거니와 그 가족들 역시 면천혜택을 받았다.

진규가 군에서 열심히 복무하면 아직까지 노비로 남아 있는 어머니가 천인에서 풀려나 자유민의 신분을 얻는 것이다.

이혼이 이러한 제도를 발표한 직후, 전국 팔도에서 수천 명의 서얼들이 입대해 군 곳곳에서 맹활약을 하는 중이었다.

진규 역시 그런 사람들 중 하나로 지금은 수색중대에 있었다.

상념에 빠져있던 김영환은 눈앞에 회색 그림자가 지나가는 것을 보았다. 진규 역시 보았는지 눈이 찢어질 듯 커졌다.

김영환은 섣불리 움직이지 말라는 뜻에서 진규에게 손을 내보였다. 진규 역시 경험이 많아 고개를 끄덕이며 자중했다.

회색 그림자는 폴짝 뛰어오르더니 머리에 달린 큰 귀를 한 바퀴 돌렸다. 김영환은 그제야 안도의 숨을 깊이 내쉬었다.

회색 그림자의 정체는 언덕 위에서 내려온 토끼였다.

토끼는 잔뜩 올라온 풀을 맛있게 뜯어먹다가 바람의 방향이 바뀌는 순간, 경계하듯 앞다리를 세워 자리에서 일어났다.

그리곤 참호가 있는 방향을 살피더니 이내 폴짝폴짝 뛰어 도망쳤다. 참호에서 풍기는 사람의 냄새를 맡은 모양이었다.

김영환은 토끼가 왜군이 아니어서 다행이라는 생각이 들었다. 왜군이 토끼였다면 그들은 지금 이 세상에 없을 것이다.

토끼의 모습이 사라진 후 30분가량 흘렀을 때였다.

검은 그림자 하나 빠른 속도로 접근해왔다.

그러나 바위지대에 들어와서는 속도를 천천히 늦추기 시작했다. 그림자는 나무와 바위 사이를 고양이처럼 살금살금 뛰어다니며 주변을 경계했다. 김영환은 순간 숨을 멈추었다.

왜군이 분명했다.

왜군으로 보이는 검은 그림자는 빠르지만 그렇다고 대충 훑어보는 것은 아닌 속도로 그들의 참호를 향해 접근해왔다.

김영환은 숨을 멈춘 채 진규에게 시선을 돌렸다.

진규의 시선 역시 김영환에게 향해 있었다.

그때였다.

검은 그림자가 그들이 있는 참호의 지붕을 밟았다.

그 순간, 지붕을 만들기 위해 엮어놓은 나뭇가지 뚝 소리를 내며 부러졌다. 검은 그림자가 이상한지 발걸음을 멈추었다.

김영환과 진규는 그 자리에서 손가락하나 깜짝하지 못했다.

여기서 들키면 수천 명이 합심한 이번 작전이 수포로 돌아갔다. 목숨을 잃을지언정, 실패의 원흉으로 지목받긴 싫었다.

머리에서 흘러내린 굵은 땀방울 하나가 이마의 골을 지

나 부릅뜬 눈으로 스며들어갔다. 그 즉시, 눈이 타오르는 거처럼 따가웠다. 그러나 김영환은 눈동자조차 움직이지 않았다.

아예 그 자리에 앉은 검은 그림자는 손을 뻗어 지붕을 엮어놓은 나뭇가지를 치워내려 하였다. 그야말로 일촉즉발이었다.

용아를 쥔 김영환의 왼손에 힘이 잔뜩 들어갔다.

용아에 미리 착검을 해두어 손만 뻗으면 검은 그림자를 해치울 수 있었다. 그리고 성대가 있는 목을 찌르면 비명을 지르지 못해서 적이 눈치 채기 전에 일을 마칠 수가 있었다.

그러나 손이 쉽게 나가지 않았다.

이곳에 검은 그림자 한 명만 있다면 다행이지만 그렇지 않다면 그들이 숨어있는 참호의 위치를 적에게 발각당할 것이다.

김영환이 생사가 오가는 고민에 빠져있을 무렵.

뒤에서 휘파람 소리가 들려왔다.

새나, 짐승의 울음소리는 아니었다.

이는 분명 사람이 신호를 보내기 위해 부는 휘파람 소리였다.

김영환이 들었는데 위에 있는 검은 그림자가 그 소리를 듣지 못할 리가 없었다. 검은 그림자는 일어나서 그들의 참호를 지나쳤다. 그리곤 진채 남동쪽으로 접근하기 시작했다.

권율과 권응수가 세운 작전대로였다.

왜군은 정면이 아니라, 측면을 기습할 계획으로 보였다.

날이 저물기 전에 왜군이 금정산 주위를 몰래 정찰했다면 왜군은 남쪽 정면방향에 근위사단 2연대, 서쪽 정면방향에 5연대, 동쪽 정면방향에 6연대, 그리고 북쪽 정면방향에 항왜연대가 위치해있는 것으로 알고 있을 가능성이 높았다.

그렇다면 왜군은 정면 기습은 효과를 보기어렵다고 생각했을 것이다. 그래서 왜군은 각 연대의 사이, 즉 북서쪽이나, 남동쪽과 같은 지점을 노릴 가능성이 높다고 보았는데 예상대로 왜군은 6연대가 지키는 남동쪽 방향으로 접근해왔다.

왜군은 밤사이 권응수가 부대 배치를 바꾸어 동쪽 정면방향에 있던 6연대가 남동쪽 방향으로 이동한 사실을 모르는 게 분명했다. 일단, 왜군을 기만하는 데는 성공한 셈인 것이다.

김영환은 서두르려는 진규를 말렸다.

검은 그림자가 단순한 정찰인지, 아니면 왜군 본대가 기습해오기 전에 하는 일상적인 정찰인지 알아볼 필요가 있었다.

다행히 그리 오래 기다릴 필요는 없었다.

처음에는 한 명이던 검은 그림자가, 다음에는 두 명으로 늘었다.

그리고 그 다음에는 세 명, 네 명으로 늘었다. 왜군은 신중했다. 혹시 조선군의 용조나, 용염에 당할 수 있다는 생각을 했는지 바로 기습하는 대신에 정찰병을 꾸준히 보내왔다.

김영환은 왜군의 주도면밀함에 솔직히 감탄했다.

정찰병 열 명이 안전하게 전초를 통과한 후에는 마침내 왜군 본대가 모습을 드러냈다. 군마의 입에는 재갈을 물렸으며 발굽에는 헝겊을 끼워 소리를 최대한 죽인 상태였다. 또, 병사들은 얼굴과 무기 날에 검은 재를 칠해 빛을 반사하지 않도록 했으며 왜군이 좋아하는 군기 역시 가져오지 않았다.

그야말로 완벽한 기습진형이었다.

왜군 본대를 확인한 김영환은 진규에게 신호를 보냈다.

초조하게 기다리던 진규는 신호를 보기 무섭게 손에 쥔 줄을 당겼다. 검은색을 칠한 줄로 바닥에 묻어 놓은 데다 그 위에 나뭇가지나, 낙엽을 뿌려놓아 발견하기가 쉽지 않았다.

줄을 세 차례 당긴 진규는 그제야 긴장이 풀린 얼굴로 전초 바닥에 엎드렸다. 신호를 미리 정해놓았는데 밧줄을 세 번 당기는 행동은 적의 본대가 기습해온다는 뜻을 의미했다.

임무를 마친 김영환과 진규는 나무기둥을 꺼내 지붕에 있는 틈을 막았다. 이제는 왜군 본대가 그들이 숨어있는 전초를 지나가는 동안, 그 안에 숨어있는 게 그들이 할 일이었다.

잠시 후, 수백 명이 전초 위를 지나가는지 지붕에 받쳐둔 나무기둥이 좌우로 진동하기 시작했다. 김영환과 진규는 나무기둥이 흔들리지 않도록 끌어안은 다음, 시간이 빨리 흘러서 아군이 왜군을 몰아내고 그들을 구해주기만 기다렸다.

그때까지는 전초 안에서 한 발자국도 나갈 수 없었다.

8장. 함정(陷穽)

8장. 함정(陷穽)

6연대장 김덕령은 양반다리를 한 채 바닥에 앉아 눈을 감았다.

시원한 바람이 북쪽에서 불어왔다.

본격적인 봄에 접어들었는지 만물이 요동치는 밤이었다.

점점 더 짙어지는 초목은 경쟁자보다 더 좋은 자리를 잡기 위해 필사적으로 경쟁 중이었으며 겨울잠에서 깨어난 짐승들은 등가죽에 달라붙은 배를 채우기 위해 밤 사냥을 나왔다.

눈을 감은 김덕령은 이혼을 찾아가 한 말이 떠올랐다.

'군대로 돌아갈 수 있게 해주시옵소서.'

'금군청이나, 병조에 자리를 마련해줄 수 있네.'

'송충이는 솔잎이 아니면 굶어죽는 법이옵니다.'

'그렇게 군으로 돌아가고 싶은가?'

'송구하옵니다.'

'알았네. 내 근위사단에 자리를 마련해주지. 단, 자네가 고집을 피워 돌아간 만큼, 그에 걸맞은 활약을 해야 할 것이야.'

이혼의 마지막 말이 귀 속을 맴돌았다.

"걸맞은 활약이라……."

눈을 뜬 김덕령은 앞에 놓여있는 작은 종을 노려보았다.

마치 눈에서 광선이 튀어나와 종을 산산이 부셔버릴 듯했다.

"오늘은 틀린 건가? 아니면 내 쪽이 아닌가?"

김덕령이 작은 의문을 표할 무렵.

뎅!

작은 종이 좌우로 흔들리며 작지만 청아한 울림을 뱉어냈다.

"아……."

옆에 있던 참모와 부관들이 깜짝 놀라 일어나는 순간.

김덕령은 급히 손을 저어 부하들의 경거망동을 금했다.

바람은 없지만 혹시 모르는 일이었다.

작은 종은 바람이 아니라는 듯 두 번 더 울린 후에 멈추었다.

"세 번이군. 내가 들은 게 맞는가?"

옆에 있던 부관이 조심스런 목소리로 대답했다.

"맞습니다, 장군."

고개를 끄덕인 김덕령은 연대 전령을 불러 명했다.

"너는 지금 즉시 사단사령부로 달려가 왜군의 등장을 통보해라."

"예, 장군."

대답한 전령은 그 즉시 몸을 돌려 사단사령부가 있는 북서방향으로 달려갔다. 전령이 달려가는 모습을 보던 김덕령은 무언가 마음에 들지 않는다는 표정으로 고개를 흔들었다.

그리곤 5대대장을 손짓해 불렀다.

5대대장이 달려와 한쪽 무릎을 꿇었다.

"부르셨습니까?"

"사령부가 아무리 빨리 움직여도 시간을 맞추긴 어려울 것이다. 너는 부하들과 함께 동쪽으로 이동해 왜군의 배후를 끊어라. 그리고 그곳에서 사령부의 지원을 기다리도록 해라."

"알겠습니다."

5대대장은 즉시 연대본부에서 빠져나와 부하들과 함께 동쪽으로 우회기동하기 시작했다. 타초경사란 말처럼 풀을 건드려 뱀을 놀라게 할 필요는 없었으므로 왜군이 눈치채지 못하도록 최대한 멀리 우회하여 왜군의 시야에서 벗어났다.

필요한 명을 모두 내린 김덕령은 고개를 돌려 뒤를 보았다.

10여 명에 이르는 각 급 장교가 긴장한 기색으로 앉아있었다.

"적이 3선 안으로 들어오면 기습한다. 공을 세우기 위해서나, 아니면 겁에 질려 그 전에 공격하는 병사가 없도록 각 부대의 지휘관들은 각별히 신경 써라. 공격개시 시간은 연대본부에서 신호로 알려줄 것이다. 이제 각자 부대로 돌아가라."

"예."

대대 지휘관들을 자기 대대를 향해 몸을 움직였다.

그리고 포병과 사단 사령부에서 나온 장교들 역시 각자 맡은 자리로 이동했다. 이젠 적이 오기를 기다리는 일만 남았다.

시간은 불변의 진리였다.

빛의 속도와 함께 영원히 바뀌지 않을 절대명제 중 하나였다.

몇몇 특수한 상황을 빼고선 말이다.

그러나 인간은 감정적인 동물이었다.

그래서 그 불변의 진리마저 자기 식으로 해석하기 일쑤였다.

실제 시간은 10분이 넘지 않았지만 김덕령이 체감한 시간은 마치 영겁(永劫) 속에 있다가 막 빠져나온 듯한 느낌이었다.

전초를 맡은 연대 수색중대장 김영환의 보고는 아주 정확했다.

종이 울리고 나서 10분이 막 지나는 시점에 왜군 본대가 모습을 드러냈다. 달빛이 약한데다 야습을 위해 단단히 준비하였기에 어제처럼 이번 기습 역시 성공을 기대하는 듯했다.

"네 놈들 뜻대로 흘러가지는 않을 것이다."

중얼거린 김덕령은 침착하게 기다렸다.

아직은 아니었다.

지금의 왜군은 물을 마시러 온 사슴과 별로 다른 점이 없었다.

근처에 호랑이가 있든, 없든 간에 이상한 낌새가 보이는 순간, 뒤도 돌아보지 않은 채 도망칠 확률이 높아 침착해야 했다.

다 된 밥에 코를 빠트리는 것은 떠올리기조차 싫은 일이었다. 천천히 전진하던 왜군의 걸음이 살짝 빨라지기 시작했다.

코앞에 조선군 진채가 있었음에도 조선군에서 별다른 반응이 없자 안심을 했는지 다가오는 속도를 빨리하는 중이었다.

왜군이 노리는 곳은 남동쪽 골짜기였다.

남쪽에는 2연대의 진채가, 동쪽에는 6연대의 진채가 있었으니 그들이 노리는 방향은 정확히 2연대와 6연대 사이였다.

그러나 왜군은 밤사이 권응수가 연대의 위치를 바꾸었다는 사실을 꿈에도 몰랐다. 마치 진채를 옮기지 않은 거처럼 진채는 그대로 둔 채 몸만 빠져나와 남동쪽에 매복을 하였다.

왜군은 잘 짜인 매복 진형 안으로 슬금슬금 들어왔다.

입술이 마르는지 침을 한 차례 바른 김덕령은 눈을 부릅뜬 채 왜군의 동정을 살폈다. 아직은 아니었다. 지금 왜군은 한발만 살짝 걸쳐놓은 채 언제든 내뺄 준비를 한 상태였다.

공격시점은 왜군이 두 발 모두 들여놓았을 때였다.

그리고 그 시점을 계산하는 것은 오로지 김덕령에게 달려 있었다. 김덕령은 자신의 감을 믿었다. 그의 감은 잘 들어맞기로 유명해 왜군이 남동쪽을 노린 것은 크나큰 실수였다.

왜군 선봉은 이미 화망(火網)안으로 들어온 지 오래였다. 그러나 김덕령은 기다렸다. 선봉을 잡기 위해 펼친 매복이 아니었다. 얼마 기다리지 않아서 몸통이 화망으로 들어왔다.

김덕령은 손을 올리려다가 그만두었다.

그물을 펼쳐놓은 김에 후군까지 모두 잡아들일 생각이었다.

기다렸던 왜군 후군마저 화망 안으로 들어오는 순간.

김덕령의 오른팔이 번쩍 올라갔다.

그리고 그와 동시에 대기하던 병사들이 효시를 쏘아 올렸다.

쌔애애액!

효시가 내는 날카로운 소음이 전장의 정적을 산산이 깨트렸다.

왜군의 발걸음이 그 자리에 딱 멈추는 순간.

철모에 나뭇가지를 꽂아 위장한 공병들이 휴대용 부싯돌을 꺼내서 용염에 달려 있는 도화선에 불을 붙였다. 염초에 절여 만든 도화선은 치익 소리를 내며 빠르게 타들어갔다.

이윽고 쾅하는 폭음과 함께 용염이 폭발했다.

가까운 곳은 폭발지점과 왜군과의 거리가 2, 3미터에 불과해 근처에 있던 왜군이 비명을 지르며 쓰러졌다. 그리고 이어서 비산한 쇠구슬이 몸을 돌리는 왜군의 등에 가서 박혔다.

펑펑펑펑!

왼쪽에서부터 순차적으로 폭발하기 시작한 용염 수십 개가 왜군의 선봉 앞을 막아서며 더 이상의 접근을 차단하였다.

김덕령은 지휘봉을 휘둘렀다.

"두 번째 효시를 쏴라!"

그 즉시, 김덕령의 등 뒤에서 통신병이 나와 효시를 발사했다.

하늘로 솟구친 효시가 날카로운 소음을 내며 반대편으로 날아갔다. 두 번째 효시는 지원화기대대에 보내는 신호였다.

포병 소속 지원화기대대 병사들은 나뭇가지와 낙엽으로 위장해두었던 화차를 앞으로 밀었다. 그리곤 미리 장전해놓은 화차의 도화선에 불을 붙여 양쪽에서 맹렬한 사격을 가했다.

마치 초침이 돌아가듯 일정한 간격으로 터지기 시작한 화차에서 수십 발의 산탄이 날아가 당황한 왜군에게 추가 피해를 입혔다. 동원한 화차의 숫자는 무려 서른 대에 해당했다.

화차 서른 대가 화망 안으로 들어온 왜군 중군을 향해

교차사격을 맹렬히 가하니 인마가 비명을 지르며 같이 쓰러졌다.

불꽃이 번쩍이는 전장을 지켜보던 김덕령은 고함을 질렀다.

"포격하라!"

명이 떨어지기 무섭게 고생하여 설치한 대룡포가 불을 뿜기 시작했다. 소룡포를 개조해 만든 대룡포는 후장식 선조포로 전장식 활강포보다 유효사거리, 명중률, 연사속도가 모두 일취월장하여 불을 뿜을 때마다 유성이 떨어지는 듯했다.

콰콰쾅!

화망 안으로 들어온 왜군의 머리 위에 신용란이 터지며 사방으로 엄청난 불꽃과 파편, 그리고 흙과 먼지를 피워 올렸다.

이번 야습을 지휘하는 사람은 왜군 6번대의 시마즈 요시히로였다. 그는 용염이 터지는 순간, 함정에 빠졌다는 것을 직감했다. 그래서 급히 가신에게 명해 기수를 반대편으로 돌렸는데 너무 깊이 들어왔는지 퇴각하는 동안, 조선군이 발사한 화차와 대룡포의 신용란에 당해 엄청난 피해를 입었다.

곳곳에서 폭발하는 신용란이 칠흑 같은 밤을 대낮처럼 밝혔다.

남은 병력이라도 살려야겠다는 생각에 시마즈 요시히로 는 전 부대에 퇴각을 종용했다. 다행히 화망에서 벗어난 후에는 신용란이 떨어지지 않았다. 그들은 자기들이 지나 가는 발밑에 수색중대 병사들이 숨어있어 아군이 맞을 것 을 두려워한 조선군이 대룡포 포격을 멈췄다는 것을 알지 못했다.

그저 정신없이 후퇴하며 안전한 곳으로 대피하려 노력 하였다.

김덕령은 부관이 가져온 말에 오르며 소리쳤다.

"전 군 추격하라!"

명이 떨어지기 무섭게 대기하던 1대대, 2대대, 3대대 병 사들이 위장해두었던 나뭇가지와 낙엽을 옆으로 치워내며 달려가기 시작했다. 얼마 가지 않아 어둠 속에서 황급히 도망치는 왜군의 중군이 보였다. 병사들은 일제히 용아를 쏘았다.

탕탕탕탕!

수백 발의 총성이 사방에서 울리며 도망치던 왜군을 쓸 어갔다. 왜군은 비명과 고함, 그리고 신음을 내뱉으며 쓰 러졌다.

김덕령은 자신을 호위하는 본부대대 기병중대와 함께 도망치는 왜군을 선두에서 추격했다. 김덕령은 죽폭에 불 을 붙여 힘껏 던졌다. 그리곤 군마의 속도를 줄였다. 군마

가 달리는 방향과 죽폭이 폭발하는 시간이 겹치면, 죽폭에
적이 아니라, 오히려 그가 먼저 당할 수 있어 조심을 기해
야했다.

만약, 자기가 던진 죽폭에 당해 죽는다면 두고두고 웃음
거리로 남을 것이다. 펑하는 소리와 함께 앞에서 도망치던
왜군 몇 명이 파편에 맞아 나뒹굴었다. 김덕령은 환도를
뽑아 쓰러졌다가 일어서는 왜군의 등에 휘둘렀다. 피가 진
득하게 쏟아지며 일어서던 왜군이 다시 바닥을 구르기 시
작했다.

김덕령은 닥치는 대로 베어갔다.

왜군의 숫자가 많아 베어도, 베어도 끝이 없었다.

왜군 갑옷에 상해 날이 빠진 후에야 칼질을 멈춘 김덕령
은 고삐를 채서 군마를 멈추며 주위를 둘러보았다. 화망
안으로 들어온 왜군을 3개 대대가 뒤쫓으며 추격 중에 있
었다.

일단 1차 작전은 대성공이었다.

그러나 완벽한 작전을 위해서는 그 다음 작전이 더 중요
했다.

김덕령은 명을 내려 부대의 이동속도를 조금 줄였다.

계속 추격하면 추격하는 부하들의 속도가 도망치는 왜
군 6번대보다 빨라서 왜군과 자신의 부하들이 뒤섞일 수
있었다.

이런 밤중에는 난전(亂戰)은 피하는 게 상책이었다.

왜군 6번대를 지휘하는 시마즈 요시히로는 김덕령이 추격을 포기한 것으로 짐작했는지 퇴각하는 일에 정신을 집중했다.

6번대가 당해버리면 그들이 세운 모든 계획이 수포로 돌아갔다. 어떻게 해서든 부하들을 살려 돌아야가하는 것이다.

왜군 6번대가 정신없이 퇴각할 무렵.

산허리에서 함성소리와 함께 용아의 총성이 울렸다.

시마즈 요시히로에겐 그 총성이 마치 종말을 알리는 조종(弔鐘)처럼 들렸다. 고개를 옆으로 돌리는 순간, 엄청난 함성소리와 함께 검은색 철모에 녹색 군복을 입은 조선군이 나타나 산허리를 돌아가던 그의 부하를 뭉텅이로 쓰러트렸다.

시마즈 요시히로는 비명처럼 소리를 질렀다.

"산에서 떨어져라!"

명을 내린 시마즈 요시히로가 가장 먼저 산과의 거리를 벌렸다.

그러나 말을 타지 못한 일반 병사들은 표적 신세를 면치 못해 하나둘 쓰러지며 차가운 바닥에 몸을 누이기 시작했다.

"상대하지 마라! 지금은 퇴각이 우선이다!"

시마즈 요시히로가 소리치며 병력을 다시 남쪽으로 몰아갔다.

그러나 산허리에서 기습을 가한 조선군은 끈질기기 짝이 없었다. 그들의 정체는 바로 김덕령이 작전을 시행하기에 앞서 동쪽으로 우회하게 한 근위사단 6연대 5대대 병력이었다.

5대대는 김덕령의 명을 충실히 이행했다.

김덕령이 5대대에게 원한 것은 전면전이 아니었다.

그저 시간을 끌며 사단사령부가 움직일 시간을 버는데 있었다.

그러나 먼저 도착한 것은 사단사령부가 아니라, 뒤에서 추격하던 김덕령의 6연대 본대였다. 김덕령은 5대대를 오인사격하지 않도록 조심하여 양쪽에서 시마즈군을 몰아붙였다.

달빛이 없는 어두운 밤에 가장 무서운 것은 적이 아니라, 아군이었다. 심할 경우에는 적에게 죽는 인원보다 아군의 오인사격에 당해 죽는 병사들의 숫자가 더 많을 지경이었다.

김덕령은 온몸의 감각을 활짝 열어놓은 채, 본대가 적이 아니라, 5대대를 오인사격하지 않도록 조심하며 군을 통솔했다.

왜군은 도망치기 위해 필사적으로 움직였다.

그리고 김덕령의 6연대는 그런 왜군을 붙잡아두기 위해 서쪽과 북쪽 두 방향에서 번갈아 공격하며 계속 시간을 벌었다.

　　김덕령은 점점 초조해지기 시작했다.

　　그물을 서쪽과 북쪽, 두 군데에 치긴 했지만 남쪽이 뚫려 있었다. 왜군은 그 뻥 뚫린 방향으로 점차 도망치기 시작했다.

　　"전면전으로 나가야할까? 아니면 조금 더 기다리는 게 좋을까?"

　　김덕령이 고민 중일 무렵.

　　왜군 6번대에서 가장 큰 덩어리 하나가 포위망을 돌파했다.

　　바로 시마즈 요시히로가 있는 6번대 주력이었다.

　　김덕령은 더 이상 기다릴 수 없었다.

　　손을 들어 6번대 주력을 추격하라 명하는 순간.

　　탕탕탕!

　　남쪽에서 총구의 불꽃이 번쩍이며 도망치던 왜군이 뒹굴었다.

　　김덕령의 입가가 살포시 올라갔다.

　　목이 빠져라 기다리던 사단사령부가 마침내 움직인 것이다.

　　사단사령부가 협공에 동원한 병력은 웅태의 항왜연대였

다. 항왜연대는 시마즈군의 앞을 막아서기 무섭게 맹공을 가했다.

김덕령은 항왜연대와 겹치지 않도록 6연대의 속도를 조절했다.

괜히 엉켜서 같은 편끼리 싸울 필욘 없었다.

탕탕탕!

용아의 총성이 울릴 때마다 왜군이 시체로 변해 쓰러졌다. 엄청난 규모를 자랑하던 시마즈군의 몸통이 잘게 쪼개졌다.

웅태와 길전 등 항왜연대의 주축을 이루는 장교들은 여전히 왜군의 습성을 버리지 못했다. 활과 조총으로 서로에게 타격을 가하다가 결판이 나지 않으면 기병이나, 보병을 보내 결판을 짓는 게 전국시대에 벌어진 왜군의 야전방식이었다.

길전 역시 연대 군수과에서 장교용으로 지급한 멋들어진 용아를 소유했다. 장교 중에 일부는 용아에 금박을 입히거나, 조각을 하여 멋을 부리곤 했는데 그는 그대로 사용했다.

아직 해가 뜨려면 멀었지만 죽폭이 만든 불길과 그 불길이 만든 화재로 인해 적을 조준하기가 아주 어렵지는 않았다.

길전은 선 자세에서 장전한 용아를 말에 탄 사무라이에

게 겨누었다. 이는 사관학교에서 배운 정확한 자세였다. 두 다리를 어깨 넓이로 벌렸다. 그리곤 왼발을 조금 앞에 둔 상태에서 왼손바닥으로 용아의 총신을 집게처럼 잡아 고정시켰다.

당연히 오른손은 총의 핵심에 해당하는 기관부를 받쳤으며 검지는 방아쇠울에 넣어 걸었다. 마지막으로 쇠를 입혀 만든 개머리판은 어깨에 견착(肩着)해 움직이지 못하게 하였다.

총의 머리 부분을 왜 개머리판이라 부르는지는 길전 역시 알지 못했다. 다만, 용아를 설계한 이혼이 그 부분을 개머리판이라 부르기에, 이장손과 같은 장인들도 그렇게 불렀는데 이젠 일선 병사들마저 그 부분을 개머리판이라 불렀다.

이름이야 어떻든 무슨 상관이랴.

그와 같은 보병은 총만 잘 나가면 그만이다.

말 위에서 마치 상체만으로 추는 춤을 추는 거 같던 사무라이는 검은 재를 칠한 왜도를 휘두르며, 우왕좌왕하는 부하들을 양떼처럼, 길전이 있는 방향으로 몰아붙이는 중이었다.

양떼를 다시 흩어놓는 방법은 하나였다.

바로 양치기 개를 없애는 것이다.

말 위에서 어지럽게 움직이던 사무라이가 어느 순간, 고개를 뒤로 돌리며 누군가에게 명령을 받는 듯한 모습을 보였다.

마침 마른 나뭇가지가 타며 만든 붉은색 불길이 군마에 탄 그를 어둠 속에서 환한 곳으로 끌어냈는데 그와 동시에 가늠자와 가늠쇠, 그리고 말에 탄 사무라이가 일직선상에 놓였다.

길전은 호흡을 천천히 내쉬며 방아쇠를 당겼다.

탕!

용아는 반동이 확실히 강했다.

조총에 사용하는 흑색화약보다 용아에 사용하는 무연화약이 더 강해서 그런지는 모르겠지만 총구가 하늘로 솟구쳤다.

매캐한 화약 냄새가 코를 찔렀다.

처음에는 화약 냄새가 인분보다 더 지독하다는 생각이 들었다.

그러나 전투를 치르다보니 생각이 바뀌었다.

화약 냄새가 더 독할수록 그들이 이길 확률이 높아졌던 것이다.

반대로 화약 냄새 대신, 녹이 슨 구리에서 나는 냄새가 많이 나는 날에는 전황이 좋지 않다는 증거였다. 사람의 피 냄새는 녹이 슨 구리에서 나는 냄새와 아주 비슷해 이는 전투가 왜군이 자랑하는 백병전으로 흐른다는 증거였던 것이다.

길전은 그가 방금 쏜 사무라이를 찾았다.

주인을 잃은 말이 북쪽으로 도망치는 모습이 보였다.

저격에 성공한 것이다.

길전의 시선이 산책 나온 사람처럼 다른 먹잇감을 찾아 나섰다.

반면에 손은 여전히 바쁘게 움직였다.

노리쇠손잡이를 당겨 약실을 연 길전은 총구를 살짝 들었다.

구리 빛이 나는 빈 탄환이 눈물처럼 바닥으로 떨어졌다.

길전은 탄입대를 보지 않은 채 그 안에 든 새 탄환을 꺼냈다.

마치 수천 번 연습하여 이젠 눈을 감고 장전하는 게 가능하다는 사실을 사람들에게 보여주는 듯했다. 재빨리 탄환을 꺼낸 길전은 부드러운 동작으로 열어둔 약실에 채워 넣었다.

그리곤 노리쇠손잡이를 옆으로 눕혀 앞으로 밀었다.

철컥!

약실 폐쇄돌기가 돌아가며 탄환이 자기 자리에 찾아 들어갔다.

마침 구미에 맞는 먹잇감을 찾아낸 길전은 두 번째 표적을 향해 총구를 겨누었다. 역시 말에 탄 사무라이였다. 길전은 당연히 왜군의 명령체계에 대해 조선군보다 잘 알았다.

도요토미 히데요시에게 충성하여 영지를 받았거나, 아니면 도요토미 히데요시의 용인을 받아 영지를 소유한 영주들이 가장 위에 있었다. 그리고 그 밑으로 가신단 중에서도 영주와 가까운 중신들이 있었다. 중신 밑에는 하급 가신들, 즉 사무라이들이 있었는데 중신과 사무라이들은 모두 영주가 나누어준 영지에서 나오는 쌀과 돈으로 생활을 하였다.

도요토미 히데요시가 영지를 준 대가로 영주에게 충성을 요구하는 거처럼 영주는 중신과 사무라이에게 자신의 영지를 조금씩 떼어준 연후에 그들에게 충성을 요구하는 것이다.

사무라이 밑에는 아시가루가 있었다.

아시가루야말로 왜군의 주력이었는데 그들은 영주의 땅에서 농사를 짓는 소작농이었다. 그래서 영주가 호출하면 본인이나, 형제, 자식들과 함께 영주를 위해서 전쟁에 나가야했다.

길전은 큐슈에서 중신까지는 오르지 못한 하급 가신이었다.

밑에 아시가루 30여 명을 통솔하는 하급 무관이었는데 지금은 2천 명에 가까운 병력을 통솔하는 부연대장 지위에 있었다.

탕!

총구가 또 한 번 들리며 말에 탄 사무라이가 바닥에 떨어졌다.

조선에 항복한 게 그가 아니라, 방금 그가 쏘았던 사무라이였다면 지금 탄환에 맞아 쓰러지는 것은 길전이었을 것이다.

길전은 장교를 양성하는 사관학교에서 들은 교리가 떠올랐다.

장교를 먼저 쏴라!

교전 수칙 중 하나였다.

장교, 즉 사무라이나, 가신을 먼저 제거하면 그 밑에 있는 병사들은 우왕좌왕하기 마련이었다. 이는 고금을 통틀어 절대 변하지 않는 진리 중 하나로 매번 커다란 효과를 보았다.

지금 역시 마찬가지였다.

지휘관이 사라진 왜군은 오합지졸처럼 움직였다.

항왜연대 병사들 역시 길전처럼 말을 타고 움직이는 가신이나, 사무라이를 집중적으로 노렸다. 그 결과 시마즈군은 빠른 속도로 무너졌다. 길전은 용아 끈을 줄여 등에 거치했다.

그리곤 허리에 찬 왜도를 힘차게 뽑았다.

겉모습은 바뀌었을지 모르지만 속은 예전 그대로였다.

그는 총보단 역시 칼이 좋았다.

땀에 미끄러지지 않도록 줄을 감아둔 칼자루의 까칠한 부분이 손에 들어오는 순간, 등줄기에 서늘한 쾌감이 지나갔다.

길전을 고개를 돌려 옆을 보았다.

용아 발사를 마친 부하들 역시 왜도를 뽑아 손에 쥔 상태였다.

용아를 보급한 조선군은 그에 맞는 총검을 제작해 같이 보급했다. 총검은 아주 유용한 무기였다. 심지어 21세기 군인들조차 18세기 전열보병이 그러했던 거처럼 총검을 애용했다.

탄환은 소모품이었다.

즉, 언제 떨어질지 모르는 일이었다.

그리고 그때는 원시시대부터 그러했던 거처럼 적을 타격할 수 있는 무기를 든 채 코앞에서 적과 피를 보며 싸워야했다.

그런 상황에서 총검은 아주 유용했다.

그러나 항왜연대는 여전히 총검 대신, 옆구리에 왜도를 찬 채 전장에 나가는 것을 좋아했다. 권율이 육군의 제식 통일을 위해서 장교 외에 일반병사는 칼을 소지하지 못하게 했는데 항왜연대만이 유일하게 그 결정을 받아들이지 않았다.

육군 총사령관의 명을 거부한 것이니 이는 불복종에 해당했다.

그러나 항왜연대 병사들은 처벌을 받지 않았다.

이혼이 그들에게만 칼을 찰 수 있는 권리를 부여했던 것이다.

그래선지 항왜연대 병사들은 부대의 전통을 자랑스럽게 생각했다. 지금 역시 마무리를 짓기 위해 왜도를 손에 쥐었다.

"가자!"

소리친 길전은 맨 앞에서 달려가며 왜군을 향해 왜도를 휘둘렀다. 그 뒤를 2천 명에 이르는 항왜연대 병사들이 쫓아가니 마치 푸른색 물결이 검은색 물결에 부딪쳐가는 듯했다.

항왜연대 연대장 웅태는 뒤에서 움직이며 나머지 병력으로 왜군이 도망치는 것을 저지했다. 길전이 칼이라면 그는 방패였다. 궁지에 몰리면 쥐도 고양이를 문다는 말처럼 목숨이 경각에 처한 왜군은 거칠게 저항해왔다. 본능이었다. 그러나 웅태는 능구렁이처럼 상대하며 그들을 붙잡아 두었다.

왜군이 강하게 나오면 뒤로 물러서는 척했다. 그리고 왜군이 도망치려할 때는 오히려 더 강하게 나가 발목을 잡아채었다.

마치 그림자처럼 바짝 달라붙어 떼려고 해도 뗄 수가 없었다.

웅태는 그러면서 길전이 성공하길 침착하게 기다렸다.

성공한다면 이번에도 가장 큰 열매는 그들이 따먹는 셈
이었다.

질전은 웅태의 기대에 충족하는 움직임을 보였다.

마치 대나무를 쪼개는 거처럼 파죽지세의 기세로 왜군
중심부를 갈랐다. 그를 향해 달려오는 적을 길전이 전부
상대할 필요는 없었다. 대부분은 그의 부하들에게 막혀 쓰
러졌다.

길전은 한 가지 목표를 향해 질주했다.

얼음장처럼 차가운 얼굴을 한 사내.

바로 6번대의 수장, 시마즈 요시히로였다.

시마즈 요시히로는 당했다는 생각을 하는 중인지 별다
른 움직임이 없었다. 옆에 있는 중신들은 어떻게 해서든
활로를 찾기 위해 사방에 공격을 가했다. 그러나 뒤에서는
6연대가, 앞에서는 항왜연대가 그들의 탈출로를 모두 막
아버렸다.

말에서 내린 시마즈 요시히로는 뒷짐을 쥔 채 반개한 눈
으로 비명을 지르며 쓰러지는 부하들을 보았다. 항왜연대
와 6연대 병사들이 용아로 말에 탄 사람들부터 쓰러트리
는 모습을 본 가신들은 시마즈 요시히로를 말에서 내리게
하였다.

"으음……."

시마즈 요시히로의 악다문 입에서 마침내 신음이 흘러나왔다.

죽음을 직감한 것이다.

가문의 안위는 걱정하지 않았다.

그 만큼이나 뛰어난 정치력과 모략, 그리고 군재를 지닌 형 시마즈 요시히사가 살아있었다. 그리고 그의 셋째 아들 시마즈 다다쓰네가 시마즈가문의 영지를 모두 상속할 예정이었다.

형이며 전대 당주였던 시마즈 요시히사는 딸만 여럿 두었다.

그래서 시마즈가문의 두 형제는 시마즈 요시히사의 셋째 딸과 시마즈 요시히로의 둘째 아들 시마즈 히사야스를 혼인시켜 시마즈 히사야스에게 시마즈가문을 상속하게 할 계획이었다. 그러나 시마즈 히사야스가 아버지를 따라 임진왜란에 참전했다가 병사하는 바람에 이 계획은 물거품이 되었다.

시마즈형제는 차선책을 택했다.

남편을 잃어 과부가 된 시마즈 요시히사의 셋째 딸과 시마즈 요시히로의 셋째 아들 시마즈 다다쓰네를 혼인시킨 것이다.

이번에는 전과 같은 전철을 밟지 않기 위해 가독을 이어

줄 귀한 아들을 사쓰마에 있는 시마즈가문 영지에 남겨두
었다.

천하를 통일한 도요토미 히데요시는 항상 이 큐슈에 있
는 시마즈형제를 껄끄러워했다. 큐슈가 교토나, 오사카가
있는 긴키에서 너무 멀리 떨어져있는데다 시마즈형제 모
두 능력이 뛰어나 반란을 일으킨다면 정권이 흔들릴 위험
이 있었다.

이에 도요토미 히데요시는 두 형제를 이간질하였다.

먼저 당주이며 형인 시마즈 요시히사를 당주직에서 물
러나게 한 후에 동생 시마즈 요시히로를 새로운 당주로 만
들었다.

그리고 형제를 대할 때도 차별을 두어 자존심이 상한 시
마즈 요시히사가 동생 시마즈 요시히로를 공격하도록 부
추겼다.

일종의 이이제이(以夷制夷)전략이었다.

그러나 시마즈형제의 결속은 차돌처럼 단단해 깨지지
않았다.

심지어 형제는 각자의 딸과 아들을 혼인시켜 어떻게 해
서든 분열을 막은 상태에서 자손에게 가문을 물려주려 노
력했다.

시마즈 요시히로는 자신의 목숨 또한 별로 아까울 게 없
었다.

이미 살만큼 산 나이였다.

전국시대에서 예순을 훌쩍 넘긴 나이는 전생에 공덕을 엄청나게 쌓았거나, 아니면 천운을 타고 난 사람이어야 가능했다.

다만, 아까운 것은 부하들이었다.

큐슈를 거의 통일했던, 그리고 도요토미 히데요시가 큐슈정벌을 위해 동원한 25만 명의 적 앞에서도 물러서는 법이 없었던 그의 부하들이 용아의 탄환에 피를 뿌려내며 쓰러졌다.

시마즈 요시히로는 감탄을 토했다.

풍문에 들기로는 조선군이 동원한 신무기는 모두 조선의 세자, 지금은 보위에 오른 임금이 만들었다는 말을 들은 적이 있었다. 어쨌든 세자가 등장한 시기와 조선군이 신무기를 선보인 시기가 일치하니 그 풍문이 사실일지도 몰랐다.

시마즈 요시히로는 지금에서야 깨달았다.

이제는 무기의 성능이 중요했다.

전에는 병사의 수, 훈련 상태 등이 승패를 갈랐을지 모르지만 이제부턴 누가 더 좋은 무기를 가졌냐가 가장 중요하였다.

시마즈 요시히로는 왜국의 하늘에 전운이 다가온다고 느꼈다.

조선과 왜국의 무기기술 차이는 상당했다.

이번에 조선이 사용한 용아를 몇 개 회수해 본국에 보냈지만 본국에서 그걸 조총처럼 복제해 조선군이 사용하는 용아와 같은 효과를 내려면 몇 년이 걸릴지 알 수 없는 일이었다.

구조가 훨씬 간단한 조총조차 복제에 많은 시간이 걸렸다. 그렇다면 용아를 복제하는 데는 그보다 많은 시간이 걸렸다.

조선이 이번에 가져온 신무기는 임진왜란 때보다 더 가공스러웠다. 겉의 형태는 조총처럼 보이지만 조총은 아닌 듯한 조선군의 보병화기는 그의 부하들이 한 발을 간신히 쏠 때 세 발, 아니 다섯 발까지도 발사가 가능한 거처럼 보였다.

그런 상황에서 아무리 조총부대가 강한 시마즈군이라 할지라도 당해내기가 힘들었다. 적은 분명 시마즈군의 반도 안 되는 병력이었는데 마치 몇 배의 적이 공격해오는 듯했다.

용아의 총성이 조총의 총성을 악마처럼 먹어치웠다.

시마즈 요시히로의 상념은 거기까지였다.

조선군 복장을 하였지만 눈에 익숙한 왜도를 든 채 달려드는 적들이 하타모토가 만든 인의 장막을 거의 돌파해왔다.

등 뒤에서 울부짖는 소리와 탄환이 빗발치는 소리가 들려왔다.

추격하던 근위사단 6연대가 종심을 돌파중인 듯했다.

하타모토부대가 바람에 휘날리는 벚꽃처럼 쓰러지기 시작했다.

그 다음은 시마즈군의 자랑스러운 가신단 차례였다.

펑펑펑!

폭음과 함께 하얀 연기가 치솟았다.

왜도를 든 조선군 부대가 두려운 것은 그들이 든 왜도가 아니었다. 왜도를 사용한 백병전은 오히려 왜군의 장기였다.

그러나 왜도를 든 조선군 부대는 영리했다.

그들과 비슷한, 어쩌면 더 실력이 뛰어난 상대로 백병전부터 걸어오지는 않았다. 그들은 덮치기 전에 먼저 죽폭을 던져 부상을 입히거나, 시야를 방해했다. 그리곤 이길 수 있다는 생각이 들면 그제야 덮쳐와 부상당한 왜군을 베어갔다.

가신단마저 무너지며 이젠 근위시동만이 남았다.

근위시동은 아무나 뽑지 않았다.

근위시동의 아버지는 대부분 시마즈가문의 가신이어서 그들은 아버지가 적의 총칼에 쓰러지는 모습을 눈앞에서 보았다.

분노한 근위시동은 일제히 항왜연대를 향해 덮쳐왔다.

그러나 그들은 수가 너무 적었다.

얼마가지 못해 모두 피를 뿌리며 바닥에 몸을 눕혔다.

길전은 마음이 급했다.

등 뒤에서 추격하던 6연대가 시야에 들어왔다.

그 말은 거의 동시에 시마즈 요시히로의 근처에 도착했던 말이었다. 시마즈 요시히로는 거물이었다. 만약, 그를 산 채로 잡는다면 그들은 평생의 자랑거리로 삼을 수 있었다. 전공이야 두 말할 필요가 없었다. 어쩌면 권율 다음의 차기 도원수 자리에 가장 가까이 갈 수 있을지 모르는 일이었다.

도원수는 원래 전시에 육군을 효율적으로 지휘하기 위해 한시적으로 만드는 자리였다. 그러나 앞으로는 도원수를 상시 운용할 거라 이미 이혼이 천명한지라, 장수들의 최종 목표는 이제 도원수였다. 육군의 정점에 설 수 있는 것이다.

6연대의 김덕령과 항왜연대의 길전이 시마즈가문의 근위시동이 만든 방어진을 돌파해 시마즈 요시히로를 동시에 노렸다.

그러나 그들은 눈앞에 펼쳐진 참상을 보며 거의 동시에 입을 다물 수밖에 없었다. 시마즈 요시히로로 보이는 왜장이 갑옷을 벗은 채 바닥에 쓰러져있었다. 그리고 주위에는 따라 순절한 것으로 보이는 시마즈가문 가신들이 쓰러져 있었다.

김덕령이 걸어가 엎드려있는 시마즈 요시히로를 칼로 뒤집었다. 배를 갈랐는지 피와 내장이 바닥에 흘러나와있었다.

또, 뒤에서 가신 하나가 목을 쳤는지 목이 반쯤 잘려 있었다.

배를 갈라서 죽는 할복은 고통이 워낙 심한지라, 칼을 잘 쓰는 가신이 뒤에서 목을 쳐주는 것이 그들의 자결 문화였다.

김덕령은 길전을 보며 쓴웃음을 지었다.

9장. 백양산(白陽山)

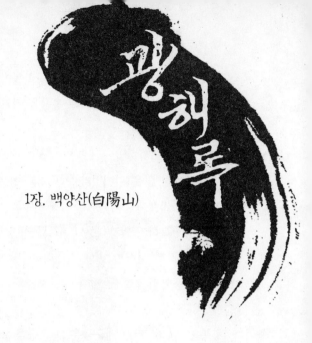

1장. 백양산(白陽山)

시마즈 요시히로는 고니시 유키나카와 달랐다.

고니시 유키나카는 기리시탄이어서 할복하지 않았지만 시마즈 요시히로는 치욕을 당하기 전에 스스로 목숨을 끊었다.

시마즈 요시히로와 그를 보좌하던 가신단의 몰살은 왜군에게 더 이상 저항할 의미가 없다는 것을 알려주는 상징적인 사건이었다. 시마즈군이 주축을 이룬 왜군 6번대 병사 3천여 명이 일제히 무기를 버린 채 너도나도 항복을 해왔다.

왜군은 조선군이 항왜부대를 운영한다는 사실을 잘 알았다.

그 말은 항복해도 처형당하지 않을 확률이 높다는 말이어서 개죽음당하기 전에 항복해 목숨을 건지는 선택을 하였다.

그래도 시마즈가문의 은혜를 입어 절대 배신할 수 없다는 자들이 여전히 많은 편이었다. 김덕령과 웅태는 양쪽에서 그런 자들을 거세게 몰아붙이며 차례차례 목숨을 끊어갔다.

상대가 항복하지 않겠다는데 구질구질하게 협상하느니 차라리 이게 더 깔끔한 편에 속했다. 사방에서 빗발치듯 날아드는 용아의 탄환에 저항하는 자들은 그야말로 몰살을 당했다.

항복해 목숨을 건진 왜군들은 그 모습을 보며 몸을 떨었다.

자신들이 그 자리에 있었다면 같은 신세를 면치 못했을 것이다. 그야말로 한 순간의 선택에 목숨이 왔다 갔다 하였다.

호리병처럼 생긴 계곡 안쪽으로 저항하는 왜군을 모두 몰아넣은 조선군은 죽폭 수백 개를 던졌다. 그 순간, 마치 기름이 끓는 냄비에 찬물을 부은 거처럼 엄청난 연기가 솟구쳤다.

콰콰쾅!

폭음과 함께 죽폭에 맞아 무너진 바위가 계곡 밑으로 떨어지며 마지막까지 남아 저항하던 왜군의 머리 위로 지나갔다.

마침 전장에 도착한 이혼은 권율에게 명했다.

"불을 질러서 일대를 모두 태워버리시오!"

"예, 전하."

권율은 밑으로 내려가서 권응수에게 이혼의 명을 전달했다.

권응수가 곧바로 6연대, 항왜연대를 불렀다. 그리곤 계곡에 마른 나뭇가지를 쌓아서 그 일대 전체를 태워버리게 하였다.

시커먼 연기가 수십 미터까지 치솟았다.

동쪽에서 터오던 해가 연기에 가렸는지 다시 어둠이 몰려왔다.

이혼은 냉정한 눈으로 그 모습을 지켜보다가 전장으로 향했다.

연기가 솟는 계곡을 돌아 얼마 걸어가지 않아서 흉측한 모습으로 자결한 시마즈 요시히로의 시신이 보였다. 임진왜란 때부터 이혼을 괴롭히던 시마즈 요시히로의 비참한 최후였다. 맹장으로 소문난 자치고 최후는 그리 아름답지 않았다.

이혼은 돌아서며 명했다.

"전리품은 챙기고 시마즈의 시신은 관에 넣어서 가매장하시오."

"알겠사옵니다."

걸음을 옮기던 이혼은 따라오던 권율에게 다시 물었다.

"항복한 왜군이 몇 명인지 파악했소?"

권율은 즉시 대답했다.

"근위사단장의 보고에 따르면 3천 명이라 하옵니다."

고개를 끄덕인 이혼은 두 번째 명을 내렸다.

"대구 감영에 보내서 감옥에 일단 하옥해두라고 하시오."

"그리하겠사옵니다."

대답한 권율은 바로 포로 이송과 전장 수습에 들어갔다.

금정산에 대기하던 나머지 부대가 잇달아 도착해 전장 정리에 들어갔다. 2연대, 5연대는 많이 아쉬워하는 모습이 었다.

그들이 지키는 방향으로 왜군이 공격해오길 은근히 바랐는데 왜군은 남동쪽 방향에 있는 6연대 쪽으로 향했다. 또, 지원 가는 임무 역시 가까이 있던 항왜연대가 차지해 더 아쉬웠다. 어쨌든 조선군은 금정산 전역에서 1승1패를 거뒀다.

경상사단은 큰 피해를 입어 퇴각했지만 두 번째 전투에 서는 오히려 상대의 전술을 거꾸로 역이용해 대승을 거두 었다.

전장에서 이탈한 부대는 하나씩 같았지만 경상사단은 주력이 아니었다. 그러나 이번에 전멸한 왜군 6번대는 임진왜란 때부터 명성을 떨친 정예부대여서 조선군이 이득을 보았다.

전장을 정리하며 근위사단의 나머지 부대가 도착하길 기다린 이혼은 부대가 다시 제 모습을 갖추는 순간, 바로 남쪽으로 진격해 내려갔다. 유격전이 더 이상 통하지 않는다는 것을 알았는지 부산에 이르는 동안, 왜군의 기습은 없었다.

흑룡에 올라 남쪽으로 이동하던 이혼은 곧 익숙한 풍경이 옆으로 지나가는 것을 보았다. 거의 1년 넘게 머무르며 왜군과 치열한 전투를 펼쳤던 부산지역이 코앞에 다가와 있었다.

최배천은 실수를 만회하기 위해 더 열심히 움직였다.

이번에는 부산 뿐 아니라, 진주, 울산, 경주, 포항까지 강행정찰연대 병사들을 파견해 왜군의 동향을 속속들이 파악했다.

이혼을 찾은 최배천이 보고했다.

"왜군은 진주성을 치던 가토 기요마사의 2번대와 예비대로 남아있던 다테 마사무네의 4번대, 그리고 우에스기 카게카츠의 3번대 등을 한자리에 모아 결전을 준비하는 듯하옵니다."

잠시 생각에 잠겨있던 이혼이 고개를 들었다.

"적의 총사령관 마에다 도시이에는 어디에 있는가?"

"부산포 쪽은 왜군의 감시가 심해 아직 파악하지 못했 사옵니다."

반대편에 있던 권율이 옆으로 말을 몰아 다가왔다.

"이미 본국으로 도망쳤을 가능성도 있을 것이옵니다."

"아니오. 그는 무언가 다른 작전을 꾸미는 듯하오."

고개를 저은 이혼은 최배천에게 물었다.

"마에다 도시이에가 데려온 직할병력은 얼마인가?"

"2만으로 보이옵니다."

최배천의 대답에 이혼은 한숨을 내쉬었다.

왜군의 반을 없앴지만 왜군은 여전히 대군이었다.

경상사단과 강원사단이 옆에 있었다면 수에서도 해볼 만 했을 텐데 지금은 두 사단이 모두 패해 대구에 올라가 있었다.

권율 역시 이혼과 같은 점을 고민하는 듯했다.

"김시민의 전라사단을 불러 좌익을 맡기는 것이 어떻겠 사옵니까? 진주성을 들이치던 가토 기요마사가 부산으로 퇴각했다면 김시민의 전라사단은 한결 여유가 생겼을 것 이옵니다."

이혼은 고개를 저었다.

"이게 왜군의 작전이라면 도리어 진주성이 위험해질 수 있소."

이혼은 김시민의 전라사단이 진주성을 나와 북쪽으로

북상했을 때, 그 틈을 노린 왜군의 기습을 우려하는 중이 었다.

이혼의 미간이 잔뜩 찌푸려졌다.

'신중해야한다. 다 된 밥에 코를 빠트리면 밥을 망치는 게 아니라, 나라가 망한다. 자신감은 좋지만 우쭐해서는 안 된다.'

남쪽으로 행군한 조선군은 백양산(白陽山)에 진채를 내렸다. 잠시 후, 들어온 보고에 따르면 왜군은 세 부대로 나뉘어 삼각형의 꼭짓점을 형성한 채, 조선군을 기다리는 중이었다.

먼저 백양산에서 가장 가까운 선암사(仙巖寺)에 가토 기요마사의 2번대 7천 명이 진을 쳤다. 원래는 1만이 넘었으나 진주성에 있는 전라사단을 상대로 공성하다가 피해를 보았다.

그리고 선암사에서 남쪽으로 조금 떨어진 곳에 있는 새터에 우에스기 카게카츠의 왜군 3번대 1만여 명이 주둔 중이었다. 새터는 조선시대 지명이고 지금은 초읍(草邑)이라 불렸다.

새터에서 다시 북서쪽으로 조금 올라가면 동천(東川)이 나왔다. 백양산에서 흐른 물이 지나가는 곳으로 이 근처에 사는 백성들에게 물을 공급해주는 훌륭한 수원지(水源池) 였다.

이 동천 유역에는 지금까지 모습을 드러내지 않았던 다테 마사무네의 8천 병력이 대기 중이었다. 다만, 가장 병력이 많은 왜군 총사령관 마에다 도시이에의 행방이 아직 묘연했다.

이혼은 고민에 빠졌다.

'적의 위치를 파악하기 전에 섣불리 움직여선 안 된다. 그러다 뒤통수를 맞으면 회복 불가능한 상처를 입을 수가 있어.'

생각을 정리한 이혼은 우선 부대를 백양산 주위에 전개했다.

그리고 조선군 방향에서는 왼쪽, 왜군 입장에서는 오른쪽 방향, 즉 동천이 있는 방향 쪽에 1연대와 2연대를 배치했다.

근위사단 다섯 개 보병연대 중에서 가장 강한 것은 근위사단 초창기 시절부터 함께한 1연대와 2연대였다. 그들은 많게는 3년, 적게는 1년 이상 동고동락하며 손발을 맞춰왔다.

이혼은 가장 믿음이 가는 두 개 연대로 측면을 먼저 방어했다.

권율이나, 권응수의 의견 역시 그와 비슷했다.

그들이 가장 경계해야할 대상은 정면에 있는 가토 기요마사의 2번대가 아니라, 측면에 있는 다테 마사무네의 4번대였다.

이혼은 왜군의 배치를 통해 한 가지를 알아냈다.

하나는 왜군이 삼각형 대형으로 진형을 짠 것은 서로 지원하기 위해서였다. 다시 말해 조선군이 선암사에 있는 왜군 2번대를 공격하면 초읍에 있는 왜군 3번대가 즉시 지원에 나서는 형태였다. 그리고 2번대와 3번대가 조선군을 붙잡는 사이, 동천에 있는 4번대가 망치역할을 해 측면을 기습하는 작전으로 보였다. 그게 그가 알아낸 첫 번째 정보였다.

"망치와 모루인가?"

이혼의 혼잣말에 옆에 있던 권율이 대답했다.

"소장의 생각 역시 그러하옵니다."

잠시 마른 입술을 축인 권율이 말을 보탰다.

"왜군 2번대와 3번대가 모루 역할을 하는 사이, 4번대가 망치가 되어 공격하려는 듯 보이옵니다. 그런 점에서 볼 때 측면의 경계를 강화하는 전하의 조치는 아주 훌륭하옵니다."

팔짱을 낀 채 침묵하던 이혼은 한참만에야 입을 열었다.

"그걸 왜군이 모를까?"

권율 반대편에 앉아있던 권응수가 물었다.

"왜군이 무엇을 모른다는 말씀이시옵니까?"

"자신들이 진형을 본 우리가 그걸 생각하지 못할 리 없다는 것을 그들 역시 알고 있을 것이오. 어쩌면 함정일 수 있소."

권율은 무거운 어조로 입을 열었다.

"전하께서는 망치와 모루가 뒤바뀔 수 있다고 생각하시옵니까?"

"그럴 가능성이 충분하오. 모루인줄 알았던 2번대와 3번대가 사실은 망치였고 망치인줄 알았던 4번대가 모루라면 골치가 아파질 것이오. 우리에게 측면을 강화하게 한 연후에 왜군이 정면대신, 측면부터 쳐온다면 정면 방어가 약해지오."

권응수는 한참 생각하더니 고개를 저었다.

"지금으로선 알 수가 없사옵니다. 왜군이 우리의 진형을 정찰한 후에 방어가 약한 쪽을 치려한다면 그에 대비하는 것은 사실상 불가능하옵니다. 어쨌든 소장의 좁은 소견으로는 이에 대비하는 방법에는 두 가지가 있는 것으로 보이옵니다."

권율이 사레들린 사람처럼 급히 물었다.

"그게 무엇이오?"

"왜군의 정찰을 최대한 저지하여 우리가 어떤 식으로 진형을 구축했는지 저들이 영영 모르게 하는 것이 첫 번째 방법일 겁니다. 우리가 어떤 진형인지 모른다면 저들은 섣불리 움직일 수 없을 것입니다. 그러나 이는 현실적으로 불가능합니다. 왜군 정찰병의 눈을 피하기도 어렵거니와 우리 군에 숨어들어온 왜군 간자가 있을 수도 있기 때문입니다."

  8

권응수의 말은 이치에 맞았다.

그 증거로 이혼과 권율이 동시에 고개를 끄덕인 것이다.

잠시 생각하던 이혼은 권응수에게 물었다.

"아까 방법이 두 개라 했는데 다른 하나는 무엇이오?"

"죽기로 싸워서 이기는 것이옵니다. 전하께서도 아시겠습니다만 전술이니 전략이니 하는 것은 맞아 들어가는 적이 사실 별로 없사옵니다. 그걸 행하는 주체가 사람이기 때문이지요. 그렇다면 배수진을 친 후에 죽음을 각오한 채 싸우는 방법만이 승리로 가는 가장 빠른 지름길일지 모르옵니다."

이혼은 팔짱을 낀 팔을 풀어서 간이 탁자 위에 올려놓았다.

짐을 많이 가져올 수 없어 이 탁자에서 회의도 열고 식사도 하고 전황을 살펴보기 위해 큰 지도를 펼쳐놓기도 하였다.

조내관이 공을 들여 닦았는지 반들반들한 책상 표면에 사람의 상반신 하나가 석상처럼 굳어 그를 바라보는 중이었다.

윤곽은 보이지 않았다.

거울이나, 자개장이 아닌 다음에야 표정이 비칠 리가 없었다.

그러나 편안 상태는 아닌 듯했다.

머리와 상체는 경직되어 있었다.

그리고 책상에 올려둔 손가락은 아주 미세하게 떨렸다.

책상에 비친 그림자가 고개를 들었다.

"승산이 있소?"

이혼의 질문이 권율, 권응수 둘 중 누구에게 한 건지는 몰랐다.

그러나 권율과 권응수 두 명은 동시에 군례를 취했다.

"맡겨주시옵소서!"

이혼의 턱이 천천히 내려왔다.

"좋소. 한 번 정면으로 맞부딪쳐봅시다."

이혼의 결정을 들은 두 장수는 서둘러 일어났다.

이곳 백양산에서 정유재란이 끝나는 것은 이제 변할 수 없는 사실이었다. 그게 승리든, 패배든 어쨌든 곧 결말이 났다.

두 장수가 이혼의 막사를 나간 후 이혼은 말을 타고 백양산 정상으로 올라갔다. 날이 저물기 전에 왜군이 진을 친 선암사, 초읍, 동천의 위치와 거리, 지형을 살펴볼 요량이었다.

백양산의 정확한 높이는 알 수 없었다.

그 동안의 경험을 통해 대략 500미터에서 600미터사이로 보였으며 지형은 크게 험하지 않아 말을 탄 채 올라가는 게 가능했다. 더욱이 근처 백성들이 땔감을 많이 해갔는지 길이 나있어 원하는 곳까지 말을 이용해 올라갈 수 있었다.

목적한 곳에 도착한 이혼은 먼저 가장 가까이 있는 선암사를 살폈다. 선암사는 백양산 남쪽에서 5시 방향에 있었다.

거리는 1킬로미터 내외였다. 도중에 하천이나, 도랑과 같은 장애물이 있을 테니 도보로 걸으면 최소 1.5킬로미터였다.

그렇게 먼 거리는 아니었다.

백양산에서 45도 각도를 향해 대룡포를 100여발 발사하면 눈먼 포탄 몇 개는 선암사 경내에 떨어질지 모르는 일이었다.

이혼은 미간을 찌푸렸다.

이유는 모르지만 미간을 찌푸리면 경물이 조금 자세하게 보였다. 그러나 선암사에 있는 왜군의 모습은 보이지 않았다.

깃발 때문에 몇 차례 된통 당한 왜군은 점점 하타모토나, 사시모노와 같은 깃발을 사용하지 않았다. 왜국에서나 필요하지 조선에서는 적의 눈에 띄어 기습당하기 좋았던 것이다.

선암사는 평범한 절이었다. 근처에 민가가 드문드문 있었는데 담장이 낮아서 농성하는 용도로 사용하기에는 무리였다.

이혼은 고개를 돌려 선암사에서 동쪽으로 조금 떨어진 곳에 있는 작은 마을을 살펴보았다. 새터라는 이름을 가진 그 마을은 지금 우에스기 카게카츠의 왜군에게 점령당해 있었다.

이번에는 고개를 옆으로 돌려 동쪽에 있는 동천을 찾았다. 백양산 계곡에서 흐른 물이 작은 시내를 이루어 흘러가는 곳이었다. 그곳에 작은 호수가 있었는데 민가는 거의 없었다.

'눈에 보이는 장소에 있는 적은 몇 십만이라도 두렵지가 않다. 문제는 어둠 속에 숨어 있는 적이다. 숨어 있는 적이 언제, 어떻게 공격해올지에 따라 승패가 뒤바뀔 가능성이 높다.'

이혼은 경치를 조망하며 최배천이 가져올 소식을 기다렸다.

그러나 서쪽에 노을이 지는 중이었음에도 아직 소식이 없었다.

'답답하군.'

한숨을 내쉰 이혼이 돌아서려는 순간.

새까만 물체 하나가 이혼의 얼굴을 향해 쏜살같이 날아들었다.

옆에 있던 금군 하나가 몸을 휙 날렸다.

푹!

날카로운 물체가 사람의 살점에 박히는 소리가 들렸다.

금군이 자기 몸을 희생해가며 이혼을 보호한 것이다.

그와 동시에 기영도가 소리쳤다.

"전하를 보호해라!"

소리가 들리기 무섭게 금군 10명이 원형으로 이혼을 에
워쌌다. 그리고 그 바깥에 다시 15명의 금군이 원형을 이
루었다.

그런 식으로 세 번을 두른 후에야 금군은 움직임을 멈추
었다.

쉭쉭!

북쪽 숲 속에서 날아드는 검은 물체가 금군을 향해 날아
갔다.

팍!

그러나 이번에는 금속성 물체가 사람의 살점에 박히는
소리는 들리지 않았다. 금군이 방패로 장막을 쳐서 막은
것이다.

자객이 던진 암기는 검은색 표창이었다.

기영도가 금군 부대장에게 손짓했다.

"자넨 어서 주상전하를 산 아래로 모시게!"

"예, 대장!"

대답한 부대장은 인의 장막에 가둔 이혼을 밑으로 데려
갔다.

자객이 있다면 자객에게서 최대한 멀리 떨어져야했다.

신중한 시선으로 이혼이 떠나는 모습을 본 기영도는 눈을 부릅떴다. 땅거미가 막 지기 시작한 시점이어서 시야는 그리 좋지 못했다. 그리고 나뭇가지가 무성한 나무 밑에는 그늘이 아주 짙어 그 속에 숨어 공격해온다면 막을 방법이 없었다.

쉭!

파공음을 들은 기영도는 본능적으로 고개를 틀었다.

시커먼 표창이 철모 옆을 스치며 지나갔다.

피하는 게 1초만 늦었어도 표창이 이마 가운데 박혔을 것이다.

그러나 기영도의 시선은 옆을 스친 표창을 쫓지 않았다.

그가 궁금한 것은 그를 죽이려했던 표창의 모양이 아니라, 표창이 날아온 방향이었다. 기영도의 눈이 날카롭게 빛났다.

"두 번째 참나무 옆이다!"

그 즉시, 금군 수십 명은 장전해둔 용아로 집중사격을 가했다.

탕탕탕!

귀청을 찢는 총성이 어지럽게 울리더니 참나무의 껍질이 벗겨져 기영도가 있는 자리까지 날아들었다. 제압사격을 마친 기영도는 직접 참나무 쪽으로 달려가 주변을 수색했다.

검은색 옷을 입은 왜국 자객 다섯이 피를 흘리며 누워있었다.

기영도는 혹시 몰라 부하들에게 확인사살 하라 명했다.

용아에 착검한 총검으로 찌르거나, 아니면 방패의 날카로운 날을 목에 내리쳐 간신히 남아있는 숨마저 모두 끊어버렸다.

기영도는 고개를 돌려 참나무가 있던 숲 안쪽을 바라보았다.

백양산 기슭에서 북동쪽 방향이었다.

당연히 도원수부에서는 백양산 북쪽에서 산을 넘어 공격해올지 모르는 왜군에 대비해 전초를 만들어 경계 중에 있었다.

한데 전방에 나가 있는 전초에게서 어떠한 경고나, 이상신호도 받지 못했으니 전초가 자객에게 먼저 당했거나, 아니면 전초가 전초의 임무를 제대로 수행하지 못했다는 뜻이었다.

기영도는 잠시 고민했다.

먼저 도원수부에 알려 그들이 살펴보도록 해야 하는지, 아니면 가까이 있는 그가 직접 가 살펴보는 게 좋을지 고민했다.

그는 금군청의 대장이었다.

도원수는 전시에 임명하는 임시직이었던 관계로 따로 품계가 없었으나 이혼이 도원수를 상시 운용하며 종 2품 품계로 만들었다. 육조판서보다 품계가 하나 낮은 그야말로 대단한 자리였으며 실제 가진 권력은 품계보다 훨씬 더 높았다.

그리고 금군청은 복잡하게 나뉘어있던 왕실의 호위와 궁궐방어 임무를 금군청이라는 독립적인 관청 안에 통합할 때 생긴 관청이었다. 그래서 금군청의 대장은 정 3품에 해당하는 벼슬이었으며 부대장 역시 종 3품 품계로 고위직이었다.

품계로 보면 도원수가 하나 더 높았다.

또, 도원수부는 병조 소속인 반면에 금군청은 왕실 직할이었다.

서로 임무와 소속이 다르기에 평소에는 상대를 존중하는 편이었다. 이번 일 역시 엄밀히 말하면 금군청의 일이 아니라, 육군, 즉 도원수부가 나서야하는 일이었다. 그러나 임금이 자객에게 당할 뻔했던 점을 고려해보면 금군청에게도 관여할 자격이 충분했다. 기영도는 고민 끝에 결정을 내렸다.

"전방 전초들을 수색한다! 놀라지 않도록 암구호를 소리쳐라!"

"옛!"

대담한 부하들은 날랜 걸음으로 복잡한 산길을 오르기 시작했다. 금군청에 속한 금군의 공식적인 숫자는 천명이었다.

천 명 모두 기영도가 일일이 골라 선발한 인원으로 군에서 최고의 실력자들로 통했다. 특히, 임진왜란에서 맹활약한 고참들이 많아 실력, 실전경험 두 항목에서 최고를 달렸다.

그런 사람들이 하는 수색이니 깔끔하며 신속했다.

기영도가 굳이 일일이 명을 내릴 필요조차 없었다.

그저 그들의 뒤를 따르며 보고받는 게 그가 한 일의 전부였다.

전초가 있는 지역까지 접근한 기영도는 쓴웃음을 지었다. 굳이 암구호를 댈 필요가 없었다. 백양산 뒤쪽 기슭에 설치해두었던 전초 두 개가 동시에 당했는지 전초의 병사들은 모두 즉사한 상태였다. 그 두 개 외에도 전초는 기슭을 따라 10여 개가 넘게 있었는데 그들은 동료가 죽은 사실을 까맣게 몰랐다. 자객들이 그 만큼 소리 없이 침투한 것이다.

도원수부에 돌아온 기영도는 우선 이혼을 찾아 무사한지 알아보았다. 기영도 대신, 이혼을 호위한 부대장이 신속하게 이동한 덕분에 이혼은 털 끝 하나 다치지 않은 상태였다.

안심한 기영도는 백양산 북쪽 기슭에서 본 사실을 보고했다.

그리고 보고를 받은 이혼은 권율을 불러 그 이야기를 해줬다.

권율은 금군청의 분위기가 심상치 않은 모습을 보고 무언가 일이 터졌다는 것은 알았는데 그게 자객의 습격인 줄은 몰랐다. 더욱이 백양산 정상은 육군이 철저히 감시하던 곳이었다. 한데 왜군은 그 감시망을 돌파해 이혼을 직접 노렸다.

처음부터 이혼을 노렸는지는 아직 확실하지 않았다.

전초를 뚫다가 이혼을 발견해 저격에 나선 것인지, 아니면 왕실이나, 도원수부 근처에 적의 간자가 들어와 있어 백양산으로 가는 이혼의 행렬을 본 후에 밖에 있는 왜국의 간자에게 그 사실을 흘려서 처음부터 이혼을 노렸을 수도 있었다.

이유야 어쨌든 권율은 면목이 없었다.

지시야 일선 지휘관이 내렸을 테지만 육군을 총 지휘하는 사람은 그였다. 권율은 즉시 권응수를 불러 회의에 들어갔다.

경계가 뚫렸다면 빨리 그 틈을 메워야한다.

권율에게 사정을 들은 권응수는 심각한 표정을 감추지 못했다.

"큰일이군요."

"후방에 대한 감시를 강화해야겠소. 중요한 일이니 장군이 직접 나서시오. 다음부터는 절대 그런 일이 있어선 안 되오."

"알겠습니다. 소장이 직접 처리하겠습니다."

권응수가 대답하며 일어섰다.

얼마 후, 권응수는 직접 백양산 북쪽 산기슭으로 향해 전초를 다시 배치했다. 이번에는 가장 믿음직한 항왜연대를 동원했다. 항왜연대의 전투력이라면 믿고 맡길 수가 있었다.

항왜연대장 웅태는 먼저 백양산에 있는 나무를 베어내게 하였다. 나무가 많으면 시야에 제한을 받아 적이 침투하기 쉬웠다. 나무를 모두 베어낸 후에는 그 나무로 전초를 튼튼하고 단단하게 구축했다. 전초 위에 나무로 지붕을 만들었으며 곳곳에 함정을 파놓아 적이 침투하지 못하게 하였다.

또, 가로 일자이던 전초를 지그재그형식으로 다시 배치해 적이 1차 전초를 돌파하더라도 2차 전초가 막아내게 하였다.

전초를 재배치하는 데는 하루가 넘게 걸렸다.

권율은 후방을 강화하는 동안, 왜군이 어떻게든 싸움을 걸어올지 알았는데 예상과 달리, 왜군은 움직임이 거의 없었다.

먼저 공격을 가한다면 조선군의 필승이었다.

선암사, 새터, 동천은 모두 포병에겐 평지와 다름없었다.

농성에 적당한 환경이 아니어서 조선군이 포병으로 선공을 가한다면, 대룡포가 발사한 신용란에 불바다로 변할 것이다.

그렇다면 왜군에게 남은 방법은 선제공격이었다.

그러나 이미 포병이 사방으로 전개한 백양산으로는 공격해오기가 쉽지 않았다. 포병이 만든 화망을 뚫는 동안, 왜군은 적어도 3분의 1, 많으면 절반이상 희생할 각오를 해야 했다. 그 만큼 조선군 포병이 만든 화망은 아주 견고했다.

권율은 고개를 끄덕였다.

"농성도 안 되고 선제공격도 어렵다면 우리가 움직일 때를 기다려 같이 움직일 것이다. 포병이 전개하기 전에 공격하는 게 그들로선 최선의 전략이겠지. 우리가 먼저 움직인다면 승산이 있을까? 음, 그땐 포병의 전개에 승패가 갈리겠군."

생각을 정리한 권율은 근위사단 포병연대장 장산호를 따로 불렀다. 원래는 사단장을 같이 불러야하지만 시간이 없어 실무자에 해당하는 장산호를 직접 도원수부로 부른 것이다.

밖에 있었는지 땀을 흘리는 장산호가 군막 안으로 들어

왔다.

"부르셨습니까?"

"어서 자리에 앉게."

"그럼 실례하겠습니다."

자리에 앉은 장산호는 상체를 틀어 권율을 보았다.

무엇 때문에 부른지 몰라 행동과 표정이 모두 굳어 있었다.

잠시 뜸을 들인 권율이 물었다.

"포병이 전개하는데 시간이 얼마나 필요한가?"

장산호는 질문의 의도가 뭔지 생각하며 대답했다.

"지형이 어딘지에 따라 갈릴 겁니다."

권율은 재차 질문했다.

"평지라면 어떤가?"

허공에 시선을 두며 잠시 계산하던 장산호가 고개를 돌렸다.

"10분입니다."

"10분이라……. 그게 한계인가?"

물어보는 권율의 표정에는 만족스럽지 않다는 의미가 담겨 있었다. 조선군은 현재 이혼이 만든 새로운 시간체계를 사용했다. 십이간지를 이용한 시간표현법은 너무 범위가 커서 군대와 같은 특수한 집단에서는 사용하기가 어려웠다.

군대에서는 1분, 아니 몇 초 사이에 전황이 바뀌기도 하는데 미세한 시간을 표현할 방법이 조선에는 아직 없었던 것이다.

이혼은 그래서 21세기에 사용하는 시간체계를 도입했다. 21세기처럼 세슘원자시계를 이용해 정확한 시간을 산출해내지는 못하지만 모래시계를 이용하면 조금 비슷하게는 가능했다.

수염이 듬성듬성 난 장산호의 턱이 밑으로 내려왔다.

"그렇습니다. 그게 현 기술로 할 수 있는 한계치입니다."

권율은 하는 수 없다는 듯 책상에 지도를 펼쳤다.

"군을 전진하는 즉시, 이 두 지점으로 포병을 전개해주게. 자네가 말한 대로 10분 안에 장전을 마치고 초탄을 발사할 수 있다면 이번 전투는 우리가 이길 수 있을 것이네. 그러나 그럴 수 없다면 이번 전투는 어렵게 흐를 공산이 크네."

권율은 지금 전쟁의 승패가 포병에 달려있다고 말했다.

당연히 지도를 보는 장산호의 눈에서는 불꽃이 파박 튀었다.

"지도를 빌려가도 괜찮겠습니까?"

"마음대로 하게."

"그럼."

군례를 취한 장산호는 지도를 챙겨서 포병연대의 연대 본부로 달려갔다. 본부가 가까워질수록 걸음은 점점 더 빨라졌다.

전쟁의 승패가 달려있다는 말에 어깨는 무거워질 대로 무거워져 있는 상태였다. 사실, 장산호는 권율에게 사실대로 말하지 않았다. 요즘 신속전개 최고 기록은 8분대에 진입했다.

그러나 훈련장에서 하는 신속전개와 뭐가 있을지 모르는 야전에서 하는 신속전개에는 차이가 있을 수밖에 없어 10분이라 대답한 것이다. 다져놓은 땅과 그렇지 않은 땅은 달랐다.

포병연대에 도착한 장산호는 부관을 불러 물렀다.

"전개하지 않는 포가 몇 문인가?"

"10중대 다섯 문입니다."

현재 포병연대는 대룡포의 숫자를 50문으로 늘렸다.

그리고 보병연대와 달리 연대, 대대, 중대로 내려가는 형태가 아니라, 연대 휘하에 다수의 중대가 존재하는 형태였다.

포병은 대대보다 중대개념이 훨씬 강했다.

중대원이 한 몸 한 뜻으로 움직여야 속도가 빨라지는 것이다.

포병의 덕목은 세 가지였다.

정확성, 전개속도, 재빠른 이탈.

정확성은 당연히 얼마나 정확히 쏘느냐를 가리켰다.

그리고 전개속도는 전장에서 얼마나 빠른 속도로 초탄을 장전해 적에게 쏠 준비를 마쳤느냐를 의미했다. 그리고 마지막 세 번째 재빠른 이탈은 적이 가진 대포병레이더를 피해 얼마나 빠른 속도로 포가 발사한 진지에서 이탈하는가를 가리켰다. 물론, 지금은 대포병레이더가 없으니 재빠른 이탈보다는 적의 보병을 막아주는 강한 호위부대가 필요했다.

포병연대는 원거리에서는 누구보다 강하지만 가까운 거리에서는 누구보다 약했다. 자체무장을 하기는 하지만 전투에 익숙하지 않아 적에게 기습을 당하면 그야말로 큰일이었다.

그래서 이혼은 포병연대 주위에 호위 용도의 보병연대를 항상 같이 두었다. 포병연대를 집요하게 노려오는 적으로부터 포병연대를 지킬 수 있는 강력한 전력이 필요했던 것이다.

부관의 대답을 들은 장산호는 고개를 끄덕이며 명했다.

"1중대부터 본대로 복귀해서 전개훈련을 하라고 해라."

생각하지 못한 지시인지 실례인 줄 알면서도 부관은 되물었다.

"지금 말입니까?"

"그렇다. 오늘은 밤새도록 전개훈련을 할 것이다."

"알, 알겠습니다."

대답한 부관은 급히 전령을 불러 1중대를 불러들였다.

얼마 후, 피곤에 지친 1중대가 모습을 드러냈다.

보병도 그렇지만 포병 역시 야전이 길어지면 길어질수록 빠르게 지쳐갔다. 몇 톤에 이르는 장비를 비포장도로를 이용해 옮기려면 그야말로 입에서 단내가 풀풀 날 지경인 것이다.

비포장도로는 오히려 약과였다.

그들을 괴롭히는 것은 포병은 어디든 갈 수 있다고 착각하는 윗선으로 인해 폭이 넓은 하천을 건너거나, 아니면 금정산과 같은 산 위에 포를 이동시킬 때였다. 그런 때는 포를 버린 채 도망가고 싶은 마음이 하루에도 열두 번씩 들었다.

본대에 도착한 1중대는 장산호가 내린 명을 듣는 순간, 정말로 도망치고 싶다는 생각이 들었다. 될 때까지 전개훈련을 한다니 정말 미친 짓이었다. 더구나 적이 1킬로미터 밖에 와있는 상황에서 훈련을 한다는 말을 생전 처음 들어보았다.

그러나 군대는 비이성적인 곳이었다.

그런 이유로 합리적인 판단을 기대하기는 애초에 힘들었다.

상명하복(上命下服)은 군대에서 진리처럼 여겨졌다.

명령불복종은 즉결처분이었다.

사람을 죽일 수 있는 물건이 도처에 널려있는 군대에서 상관의 명을 거역할 수 있는 부하는 그렇게 많지 않을 것이다.

1중대는 고정해놓지 않은 대룡포를 향해 터벅터벅 걸어갔다.

그리곤 대룡포를 이용해서 전개훈련을 시작했다.

그들이 흘린 땀이 수증기로 변해 아지랑이처럼 하늘거렸다.

10장. 기만(欺瞞)

光海錄

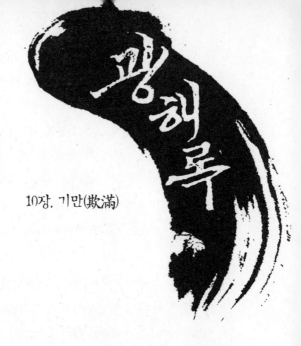

10장. 기만(欺滿)

　장산호는 훈련장에 직접 나와 포를 전개하는 부하들의 모습을 지켜보았다. 그런 장산호 옆에는 모래시계를 든 부관이 같이 서있었다. 1중대장이 '전개완료!' 라고 소리칠 때마다 부관은 손에 든 모래시계를 옆으로 뉘였다. 그리곤 작은 목소리로 이번에는 몇 분이 걸렸는지 친절하게 알려주었다.

　장산호는 고개를 저었다.

　"시간을 더 단축해라! 지금은 너무 느려!"

　장산호의 명령에 1중대장은 그 옆에 있는 대룡포로 걸어갔다.

　병사들 역시 지친 걸음으로 1중대장을 쫓아가 대룡포 옆에 섰다. 모래시계를 옆으로 뉘였던 부관이 손을 드는 순간, 1중대 병사들은 언제 지쳐있었느냐는 듯 재빨리 움직였다.

그리고 그와 동시에 장산호 옆에 있던 부관은 새로운 모래시계를 수직으로 세웠다. 그 모래시계는 안에 든 모래가 한쪽에만 들어가 있어 반대편에 쌓이는 모래의 높이로 시간측정이 가능했다. 그리고 모래시계를 이루는 유리병에는 시간을 알려주는 눈금이 있어 대략적인 시간을 알 수 있었다.

대룡포를 움직이는 병사들의 손길이 급해졌다.

병사들은 각자 맡은 임무에 따라 움직였다.

삽과 곡괭이로 거치대가 들어갈 자리에 구멍을 파는 병사, 대룡포 거치대를 밑으로 내리는 병사, 그리고 내린 거치대를 바닥에 고정하는 병사들로 대룡포 주위가 시끌벅적하였다.

삽과 곡괭이로 바닥을 다져놓은 자리에 거치대를 고정한 병사들은 거치대에 뚫려 있는 구멍 세 개에 커다란 쇠말뚝을 박기 시작했다. 쇠말뚝을 잡은 병사, 그리고 그 쇠말뚝에 커다란 나무망치를 연신 내려치는 병사 모두 긴장한 얼굴이었다. 나무망치기는 하지만 빗나가는 순간, 쇠말뚝을 잡은 병사의 팔목이나, 손가락이 산산조각 날 위험이 있었다.

실제로 포병에서는 그런 안전사고가 적지 않았다.

쇠말뚝이 거치대에 뚫린 구멍을 통해 밑으로 내려가 박

혔다.

"거치 완료!"

병사의 외침이 끝나기 무섭게 이번에는 발사를 맡은 병사들이 달려왔다. 조준을 맡은 병사는 핸들처럼 생긴 기기를 돌려서 포의 각도를 조정했다. 포의 각도는 45도 상향이었다.

대룡포는 주퇴복좌기가 없어서 발사할 때마다 매번 새로 조준을 해야 하는데 그것을 조금이라도 줄여보기 위해 미리 기준점을 잡아놓았다. 그러지 않으면 조준에 한 세월 걸렸다.

장전을 맡은 병사들은 금고처럼 새긴 약실의 문을 열어서 그 안에 신용란을 장전했다. 신용란이 무거워서 두 명이 같이 들었다. 혹시라도 팔에 힘이 빠지거나, 땀이 찬 손으로 만졌다가 놓치는 날에는 위험천만한 일이 생길 수도 있었다.

물론, 이혼이 신용란을 설계할 때 신관에 안전장치를 넣어둔 것은 맞았다. 그러나 지금 기술로 완벽히 작동하리라는 법이 없어 안전을 기하기 위해 항상 두 명이 짝을 이루었다.

신용란을 약실에 밀어 넣은 병사들은 급히 몇 걸음 물러섰다. 그 순간, 약실개폐를 맡은 병사가 득달같이 달려와 열려져있는 약실 문을 밀었다. 그리곤 약실 문을 닫기 위해 그 위에 달린 손잡이를 돌려 약실에 틈이 생기지 않게 하였다.

약실에 틈이 있으면 충분한 추진력을 얻지 못해 포탄이 목적한 곳에 떨어지지 않았다. 만약, 보병이 근처에 있다면 포탄을 적에게 쏘는 것이 아니라, 아군 머리 위에 쏘는 것이다.

또 하나 좋지 않은 점은 포병이 다칠 수 있다는 점이었다. 그래서 약실폐쇄는 포반장이 직접 확인하도록 되어 있었다.

약실개폐를 맡은 병사가 물러나며 소리쳤다.

"약실폐쇄 완료!"

그 즉시, 포반장은 각도와 사거리 등을 면밀히 계산했다.

포반장은 산학(算學), 즉 수학(數學)을 어느 정도 익혀야 했다.

"1포 방열완료! 발포 준비 끝!"

포반장이 외치며 중대장을 보았다.

초조히 기다리던 중대장은 바로 녹색 수기를 흔들었다.

녹색은 발포하라는 뜻이었다.

포반장은 포병이 남성의 상징을 빗대어 부르는 방아쇠를 잡았다가 당기는 시늉을 하며 뒤로 돌아서선 귀를 틀어막았다.

당연히 훈련이어서 실제로 당기지는 않았다.

부관은 포반장이 방아쇠 당기는 것과 동시에 모래시계를 옆으로 뉘였다. 부관 역시 포반장출신이어서, 조금이라

도 시간을 줄여 동료가 훈련을 빨리 마칠 수 있도록 도우
려했다.

"8분입니다."

"괜찮군. 1중대는 막사에 돌아가 휴식을 취해라."

장산호의 명에 1중대 병사들은 환한 얼굴로 돌아갔다.

그리고 그런 1중대 옆으로 얼굴이 우거지상으로 변한 2
중대가 들어왔다. 2중대는 1중대가 훈련한 대룡포를 다시
옮겨 훈련을 시작했다. 포병연대 훈련은 밤늦도록 끝나지
않았다.

＊＊＊

사람의 눈은 고도로 발달한 생체기관이었다.

그래서 칠흑처럼 어두운 밤이더라도 장시간에 걸쳐 그
어둠을 주시할 경우, 희미하게나마 주변 윤곽을 알아볼 수
있었다.

강행정찰연대 8중대장 오봉옥(吳鳳玉)의 눈이 딱 그런
상태였다. 강행정찰연대는 그냥 정찰연대가 아니었다. 전
에 있던 정찰연대가 오로지 정찰, 수색에 집중한다면 강행
정찰연대는 정규군과 별 차이가 없어 적의 기습부대나, 별
동부대정도는 충분히 막아낼 수 있는 능력과 실력을 모두
갖추었다.

일종의 정예 경보병부대에 가까웠다.

그러나 지금은 왜군이 이동이 그렇게 많지 않아 강행정
찰연대의 본모습을 보여주기 어려웠다. 후방에서의 이동
은 무척 활발한 편이었지만 전방 정찰은 거의 나오지 않는
상태였다.

전방으로 정찰 나온 왜군 정찰부대는 정면승부로 싸워
볼만 하지만 후방에서 이동하는 왜군을 상대로는 섣불리
싸움을 걸 수 없었다. 근처에 왜군이 가득해 아무리 빠르
게 움직인다고 해도 포위당할 위험이 있어 함부로 나서지
못했다.

지금은 그저 이동하는 왜군을 감시하며 정보를 모아 전
달하는 게 최선이었다. 오봉옥은 왜군이 선암사와 초읍,
그리고 동천을 연결해 만든 삼각형에 들어와 왜군 이동을
감시했다.

오봉옥의 눈에 지붕을 씌운 우마차가 들어왔다.

벌써 오늘만 해도 그 앞을 지나는 열 번째 우마차행렬이
었다.

오봉옥은 너무 가까이 다가간 것 같아 몸을 돌렸다.

전방에서 정찰활동을 할 때는 당연히 제식으로 지급받
은 군복과 철모를 착용하지만 적의 후방에 잠입할 때는 그
럴 수가 없어 농부들이 주로 입는 저고리와 바지를 입었
다. 그리고 등에는 호미나, 나물을 담는 망태기 긴 것을 메

었는데 물론 그 안에 든 것은 호미가 아니라, 용아와 탄약
이었다.

오봉옥은 중대본부가 있는 마을로 돌아갔다.

왜군이 침입하기 한 달 전, 경상도 남부에 거주하는 백
성들을 전라도와 충청도로 잠시 이주시켜 민가는 텅텅 비
어있었다. 심지어 가축도 모두 데려가 유령마을과 다름없
었다.

오봉옥은 민가의 싸리문 앞에 서서 휘파람을 짧게 세 번
불렀다. 잠시 후, 민가 부엌과 담 옆에서 세 명이 걸어 나
왔다.

그의 부하들이었다.

"오셨습니까?"

"별 일 없었나?"

"예, 모두 무사합니다."

"다행이군."

고개를 끄덕인 오봉옥은 부하가 열어준 문 안으로 들어
갔다.

"안방에 있나?"

"안방과 사랑방에 반씩 들어가 있습니다."

부하의 대답을 들은 오봉옥은 안방으로 들어갔다.

시큼한 발 냄새와 역한 땀 냄새가 코를 찔렀다.

오봉옥은 오히려 크게 숨을 쉬어 냄새를 받아들였다.

창문을 열어 환기시킬 수 없다면 차라리 빨리 익숙해지는 게 나았다.

냄새에 어느 정도 적응을 마쳤을 무렵.

자리에 앉은 오봉옥은 그를 쳐다보는 부하들에게 질문했다.

"어떻더냐?"

부하들의 대답은 대동소이했다.

왜군은 우마차를 이용해서 기지에 보급을 서두르는 중이었다. 심지어 오늘은 백대가 넘는 우마차가 몇 번씩 왕복했다.

말 그대로 엄청난 양의 보급품을 한 기지에서 다른 기지로 운송하는 중이었다. 그러나 세 개의 기지 중 어느 기지에 보급품을 운송하는 중인지는 알지 못했다. 기지 사이를 왕복하는 우마차의 지붕과 옆면을 천으로 둘러쌌던 것이다.

오봉옥은 부하들의 보고와 그가 직접 본 광경을 암호로 적어 전령에게 건넸다. 암호는 숫자로 이루어져있었는데 한 글자를 구성하는 숫자의 수는 총 세 개였다. 숫자는 특정한 책의 장과 열, 그리고 몇 번째 글자인지를 각각 의미했다.

암호해독에 사용하는 책은 훈민정음해례본(訓民正音解例本)이었다. 훈민정음해례본이란, 훈민정음의 의미와 기능 등을 설명하기 위해 한자로 작성한 책이었는데 글자는 한자지만 그 글자를 읽는 발음을 이용해 문장을 만들 수가 있었다.

  8

이를테면 숫자가 1.5.8일 경우, 훈민정음해례본의 첫 번째 장, 다섯 번째 열, 여덟 번째 글자, 즉 한자 지(之)를 뜻했다.

지(之)의 뜻은 원래 '갈 지'이지만 뜻은 버려둔 채 그 발음만 차용해 '지금'의 '지'를 의미했다. 오봉옥은 숫자암호를 이용해 작성한 보고서를 전령에게 건네 사단본부에 보냈다.

그러면 사단본부 통신과에 상주하는 암호 해독병은 그 보고서를 훈민정음해례본으로 해독하여 상관에게 전할 것이다.

이 역시 이혼이 도입한 방법이었다.

전령이 보고서를 빼앗길 경우에 대비하기 위해서였다.

적은 보고서를 얻더라도 훈민정음해례본이 없을 테니 해독이 불가능했다. 그리고 보안을 더 강화할 목적으로 훈민정음해례본과 함께 경국대전(經國大典), 용비어천가(龍飛御天歌) 등을 번갈아 사용하며 정보전에서 앞서가려 하였다.

보고서 작성을 마친 오봉옥은 부하들을 모아 지시했다.

"한 곳에 여럿이 들락거리면 발각당할 위험이 있다. 그러니 여긴 서너 명만 남고 나머지는 근처에 있는 다른 곳으로 이동해라. 그리고 야간감시는 어제와 마찬가지로 두 명씩 짝을 지어하는데 너무 깊이 들어가서 들키는 일이 없도록 해라. 그럼 휴식을 취할 사람은 취하고 나갈 사람은 나가라."

지시를 받은 부하들은 빠르게 흩어졌다.

다들 임진왜란 때부터 손발을 맞춰온 사이라, 부연 설명할 필요가 없었다. 이준구(李俊九)가 가져온 고기죽으로 배를 든든히 채운 오봉옥은 사랑채 문간에 누워 휴식을 취했다.

눈은 정확히 자정 전에 떠졌다.

이런 식으로 정찰을 나올 때면 자연스레 나오는 오랜 습관이었다. 낮에는 사물을 멀리서 정확하게 볼 수 있었다. 그러나 단점도 있었는데 감시하는 자 역시 적에게 뚜렷이 보인다는 점이었다. 그래서 필요한 만큼 충분히 다가가지 못했다.

반면, 밤에는 사물을 정확하게 볼 수 없었다. 대신, 필요한 만큼 충분히 접근할 수 있었다. 어둠이 적과 아군의 시야를 같이 제한해 적이 보지 못한다면 아군도 보지 못하는 것이다.

사실, 정찰의 결과물은 낮보다는 밤이 더 나았다.

"가자."

머리에 패랭이를 쓴 오봉옥은 이준구와 함께 2인1조로 짝을 이루어 낮에 감시했던 곳으로 이동했다. 왜군이 그들을 노리고 있을 수 있었다. 아니, 그럴 확률이 아닐 확률보다 훨씬 높아 오봉옥은 이준구와 조금 떨어진 거리에서 이동했다.

두 사람이 같이 움직이면 표적은 두 배로 커진다.

그 말은 즉, 상대가 발견하기 더 쉽다는 의미였다.

어둠 속이라고 해도 사람의 형체를 완전히 없애지는 못한다.

한밤중에 물을 마시러나온 사슴처럼 주변을 잔뜩 경계하며 이동하던 두 사람은 이내 목적한 곳에 도착했다. 비포장도로 옆에 나있는 어느 민가였는데 왜군이 담장을 허물어버려 집 안이 모두 드러나 있었다. 그러나 두 사람은 담이 아니라, 기와를 얹은 지붕 위에 올라가 배를 깔고 엎드렸다.

조선시대 기와집은 부의 상징이었다.

도성이나, 평양, 개성 등지에 가야 기와지붕의 물결을 볼 수 있지 시골 같은 곳에는 초가로 만든 지붕이 훨씬 더 많았다.

한데 이런 외딴 곳에 이런 기와집이 있는 것을 보니 이 집에 살던 사람이 꽤나 재력이 있었던 모양이라고 그는 생각했다.

"오는군."

왜군은 낮에 한 운송에 만족하지 못했는지 야간에도 횃불을 밝힌 채 보급품을 우마차에 실어 기지로 운송 중에 있었다.

감시는 지루한 일의 연속이었다.

뭔가 역동적인 그림을 원했다면 실망을 감추기 어려울 것이다.

왜군은 호위병 5, 6백 명을 우마차 백여 대에 붙여 길을 가는 중이었다. 그리고 운송간격은 조선군이 사용하는 시간으로 한 시간마다 한 번씩이었다. 왜군이 만약 24시간 내내 운송에 나선다면 2400대의 우마차가 이동하는 셈이었다.

이는 편도만 계산한 거였다.

왕복까지 합치면 거의 30분에 한 번씩 우마차 행렬이 그들 앞을 지나갔으며, 하루에 총 움직인 우마차는 4800대였다.

이준구가 지루했는지 하품을 하다가 오봉옥에게 말을 걸었다.

"언제까지 이래야하는 겁니까?"

"왜군이 움직이기 전까지는 계속."

오봉옥은 우마차행렬에서 시선을 전혀 떼지 않은 채 대답했다.

고개를 설레설레 저은 이준구가 중얼거렸다.

"기약이 없다는 말이군요."

잠시 말이 없던 오봉옥이 이번에는 반대로 물었다.

"왜군이 하루에 얼마나 먹는지 아느냐?"

"갑자기 그건 왜 물어보십니까?"

"그냥."

대답을 생각하는지 잠시 생각하던 이준구가 고개를 들었다.

"우리와 비슷하지 않겠습니까?"

"그렇겠지?"

"그럴 겁니다."

이준구가 대답할 때 마침 우마차행렬은 그들에게서 점점 멀어지는 중이었다. 기린처럼 고개를 뽑은 오봉옥은 반대편을 살펴보았다. 횃불은 보이지 않았다. 시간은 아직 충분했다.

오봉옥은 숨어있던 지붕에서 훌쩍 뛰어내렸다.

깜짝 놀란 이준구가 상체를 세우며 물었다.

"소피보러 가십니까?"

"길에 가서 흔적을 살펴봐야겠다."

"예에?"

"뭔가 이상해."

따라 내려온 이준구가 오봉옥 옆에 서며 물었다.

"뭐가 이상합니까?"

"하루에 4800대의 우마차가 필요할 만큼 필요한 게 무엇일까?"

"당연히 무기나, 군량 아니겠습니까?"

이준구의 대답에 오봉옥은 무너진 담장으로 걸어가며 말했다.

"이 정도 양이면 10만 명은 무장시키거나, 먹일 수 있을 것이다. 그러나 내가 알기로 왜군은 절대 10만 명일 수가 없어."

이준구가 망태기에 든 용아를 꺼내서 사방을 경계하며 물었다.

"그럼 우마차에 실린 게 다른 거라는 말씀입니까?"

"아직은 모르지. 다만, 짐작이 가는 것은 하나 있다."

앞으로 걸어간 오봉옥은 바닥에 나있는 우마차의 바퀴 자국을 살폈다. 초읍에서 선암사로 가는 방향에 나있는 우마차의 바퀴는 깊이 패여 있었다. 그러나 선암사에서 초읍으로 가는 반대방향에는 바퀴의 자국이 얕았다. 초읍에서 선암사로 무언가를 운송한 다음, 빈 마차로 돌아갔다는 증거였다.

"초읍에서 선암사로 무언가를 계속 보내는 중이군."

이준구가 답답하다는 듯 물었다.

"그래서 그게 대체 무엇입니까?"

"일단, 돌아가자."

대답한 오봉옥은 서둘러 두 번째 안가(安家)로 향했다.

부하들은 교대로 번을 서거나, 아니면 휴식 중에 있었다.

오봉옥은 한밤중에 부하들을 전부 깨웠다.

그리곤 부하들에게 작전에 대한 지시를 내렸다.

"위험한 임무지만 우리가 아니면 할 수 없는 일이다."

부하들이 눈을 빛내며 오봉옥의 말에 귀를 기울였다.

잠시 후, 작전을 세운 강행정찰연대 8중대 50여 명은 달빛 속으로 몸을 던졌다. 10명씩 다섯 개 조로 나뉘어 오봉옥이 정찰했던 기와집 뒤에 모인 8중대는 먼저 왜군의 수송부대를 관찰했다. 기와집에서 동쪽방향으로 1킬로미터 떨어진 곳에 횃불로 주변을 밝히며 접근하는 우마차행렬이 보였다.

오봉옥은 횃불의 위치를 계산하며 손을 흔들었다.

"서둘러라."

오봉옥의 지시에 병사 10여 명이 달려가 길 가운데 땅을 팠다. 우마차의 무게가 상당히 나가는지 땅이 아주 단단했다.

병사들은 안가에서 가져온 곡괭이까지 동원해가며 땅을 파냈다. 그리곤 망태기에 들어있던 용조를 꺼내 서둘러 매설했다.

점점 가까이 다가오는 우마차의 횃불을 보며 오봉옥의 심장은 터지기 일보직전이었다. 이마에선 식은땀이 흘러내렸다.

용조를 매설한 병사들은 그 위에 흙을 살살 덮었다.

그 사이, 우마차의 횃불은 거의 코앞으로 다가왔다.

우마차 행렬 앞에 왜군 정찰대가 있어서 거리는 더 가까웠다.

들키는 거야 하늘에 맡길 일이었다.

이미 이 작전을 실행할 때부터 목숨을 버릴 각오를 하였다.

그러나 용조를 매설한 게 발각당한다면 그야말로 큰일이었다.

어쩌면 죽어서도 죄스러운 마음을 씻을 길이 없을지 몰랐다.

바짝 마른 입술을 혀로 한 번 축였다.

피곤해서인지 잔뜩 갈라져 있는 입술에서 누가 뾰족한 바늘로 콕콕 찌르는 듯한 통증이 느껴졌다. 오봉옥의 시선이 다시 부하에게 향했다. 부하들 역시 자신들이 어떤 상황에 처한 지 아는 듯 훈련할 때보다 훨씬 빠른 속도로 움직였다.

긴장해서 손을 덜덜 떠는 병사도 보였다.

횃불은 점점 커지기 시작했다. 처음에는 쌀알만 하던 게 지금은 촛불 크기로 변했다. 그리고 조금씩 더 커지고 있었다.

바닥을 구르는 우마차의 육중한 바퀴 소리가 천둥소리처럼 들려왔다. 오봉옥의 시선이 다시 한 번 부하들에게 향했다.

부하들은 하나둘 매설을 마치고 원래 있던 자리로 돌아가는 중이었다. 다만, 두 명이 남아서 아직까지 작업을 하는 중이었는데 그들이 선택한 땅은 운이 나쁘게도 커다란 돌이 땅 밑에 숨어 있어 다른 병사들보다 시간이 배로 걸렸다.

그렇다고 돌을 그냥 놔둔 채 도망칠 수는 없었다.

방금 전까지 무사히 지나갔던 길에 돌이 튀어나와있다면 분명 의심을 가질 게 틀림없었다. 왜군도 이젠 조선군이 사용하는 각종 화기에 대한 정보를 얻을 만큼 얻어, 용조나, 용염이 얼마나 무서운 무기인지는 그들 역시 잘 알았다.

오봉옥은 입술을 잘근 깨물었다.

이젠 정말 왜군이 코앞에 다가와 있었다.

양단간에 결정을 내려야할 때였다.

그때였다.

퉁!

육중한 소리가 들리더니 부하들을 괴롭히던 커다란 바위가 빗물이 흐르며 생긴 도랑 밑으로 굴러 내려가기 시작했다.

오봉옥은 고개를 돌려 왜군을 보았다.

우마차 행렬을 보호하는 왜군 정찰대와의 거리는 50미터였다.

오봉옥은 말 대신 손짓으로 서두르란 명을 내렸다.

손짓을 본 병사들은 급히 용조를 꺼내 돌이 있던 자리에 매설했다. 아니, 매설했다기보다는 그냥 던져두었다는 말이 더 맞았다. 어쨌든 용조를 설치한 병사들은 주위에 있던 흙을 끌어 모아 뻥 뚫려 있는 바닥을 다시 메우기 시작했다.

오봉옥의 시선이 다시 왜군 쪽으로 향했다.

일정한 속도로 걸어오던 왜군이 속도를 줄이는 듯한 모습을 보였다. 오봉옥은 포복을 이용해서 기와집 담으로 돌아갔다.

그 사이, 마침내 매설을 마친 병사 두 명은 길 반대편에 있는 풀숲으로 고양이처럼 몸을 날렸다. 길을 가로질러 기와집으로 다시 돌아오기는 위험부담이 너무 컸다. 그래서 기와집보다 가까운 쪽에 있는 풀숲으로 도망쳐 바짝 엎드렸다.

기와집 안에 도착한 오봉옥은 가슴이 무릎에 닿을 만큼 허리를 바짝 숙인 채 기와집 뒤로 돌아가 벽 뒤에 등을 기댔다.

식은땀을 얼마나 흘렸는지 벽 뒤에 등을 기대는 순간, 흠뻑 젖은 옷이 살갗에 찰싹 달라붙었다. 오봉옥은 심호흡을 한차례 한 다음에 부하들의 위치를 확인했다. 기와집을 중심으로 그 양쪽에 있는 초가, 헛간, 외양간 등에 매복해 있었다.

잠시 속도를 줄였던 왜군은 잠시 기다려도 별일 없자 안심을 했는지 다시 속도를 높여 그들이 있는 쪽으로 다가왔다.

심장이 다시 터질 거처럼 부풀어 오르기 시작했다.

용조를 매설한 지역에 왜군의 우마차행렬이 당도한 것이다.

이번 용조는 전에 사용하던 용조들과 달랐다.

전에 사용하던 용조는 대인살상용(對人殺傷用)이었다.

즉, 사람이 밟으면 폭발할 만큼 신관이 아주 민감했다.

그러나 이번에 사용한 용조는 신관이 묵직해 사람이 밟아서는 폭발하지 않았다. 물론, 그 사람이 백 킬로가 훌쩍 넘는다면 모르겠지만 오봉옥 눈에 그런 왜군은 보이지 않았다.

이번에 매설한 용조의 용도는 대기병살상용(對騎兵傷用)이었다. 문자 그대로 적의 기병을 없애기 위해 만든 지뢰였다.

용조에 몇 차례 당한 왜군은 그 다음부터 수색정찰에 더 신경 썼다. 용조는 용염과 달리, 설치한 사람이 제어할 방법이 따로 없었다. 즉, 매설을 마치면 다음은 하늘의 뜻이었다.

밟으면 성공이고 피해가면 실패인 것이다.

왜군은 용조에 당하지 않기 위해 늙거나, 병든 병사를 앞에 세웠다. 그리곤 본대는 조금 떨어져 이동했다. 늙고 병든 병사들이 용조를 밟아 터지면 그 곳은 이제 안전한 것이다. 왜군은 그런 식으로 징검다리를 건너듯 용조를 피해갔다.

왜군은 이미 임진왜란 막판에 그런 식의 전술을 사용해 용조에 입는 피해를 최대한 줄여나갔다. 당연히 이를 본 이혼은 용조에 개조를 가해 대인용과 대기병용을 따로 제작했다.

지금 설치한 용조는 그 중에서 대기병용이었다.

우마차 행렬 앞에서 길을 트던 왜군 정찰부대가 용조를 통과했다. 이혼이 설계한 대기병용 용조가 정확히 작동한 것이다.

그 다음은 우마차의 차례였다.

황소와 말이 뒤섞여 끄는 우마차는 기병보다 훨씬 무거웠다.

황소의 앞다리가 용조를 매설한 지역에 박히는 순간.

콰아앙!

매설한 용조가 폭발해 화염을 사방으로 토해냈다.

그리곤 주변의 흙이 비산하며 시야를 온통 가렸다.

용조를 밟은 황소는 몸통이 산산조각 나서 그대로 즉사했다.

용조는 연쇄폭발을 일으켰다.

용조의 간격이 좁아 한 번 터지기 시작하니 연달아 폭발했다.

펑펑펑!

폭음이 한 번 울릴 때마다 화염과 함께 흙과 돌조각이

비산했다. 그리고 용조에 든 쇠구슬이 날아가 2차 피해를 입혔다.

황소가 끌던 우마차 역시 안전하지 않았다.

용조의 폭발이 우마차까지 미쳐 지붕이 날아간 우마차는 붉은 화염과 회색 연기를 쏟아내며 활활 타오르기 시작했다.

그때였다.

우마차 안에서 온 몸에 불이 붙은 왜군이 달려 나왔다.

처음에는 우마차를 몰던 마부인지 알았다.

그러나 마부치곤 너무 많았다.

우마차에서 불이 붙은 채 뛰어내린 왜군의 수는 열이 넘었다.

뛰어내리지 못한 왜군도 있을 테니 열 명 보다 많은 수의 병력이 우마차에 숨어 있었다는 말이었다. 오봉옥은 폭죽놀이를 하듯 폭발하는 용조의 엄청난 위력과 불이 붙은 우마차에서 뛰어내리는 왜군 수십 명의 모습을 보며 오싹했다.

그의 예측이 맞았던 것이다.

왜군은 보급품을 운송하던 게 아니었다.

그들이 우마차에 실어 나르던 것은 바로 병력이었다.

지금까지 운행한 수를 보았을 때 수천 명, 어쩌면 만 명이 훌쩍 넘을지도 몰랐다. 그리고 그 숫자는 감시에서 빠져나간 마에다 도시에의 병력과 거의 일치했다. 즉, 마에다 도시이에는 우마차에 병력을 숨겨 선암사로 이동 중이었던 것이다.

자신의 추측을 증거로 확인한 오봉옥은 마음이 급해졌다. 왜군이 추적하기 전에 기와집 뒤로 빠져나온 오봉옥은 안가로 돌아가지 않았다. 그 대신, 최배천이 있는 연대본부로 있는 힘을 다해 달려가기 시작했다. 그가 방금 확인한 정보는 그야말로 전쟁의 승패를 결정지을 수가 있는 정보였다.

설령, 지쳐서 쓰러지는 한이 있어도 어떻게 해서든 전해야했다.

오봉옥과 그의 부하들은 거의 숨이 넘어가기 직전에서야 간신히 연대본부에 도착해 최배천에게 방금 본 사실을 전했다.

일이 심상치 않음을 깨달은 최배천은 다시 이를 근위사단 사령부에 전했다. 새벽에 간신히 잠이 들었던 권응수는 자신의 몸을 급히 흔드는 부관의 행동에 처음엔 짜증이 치밀었다.

거의 사흘 만에 처음으로 눈을 제대로 붙인 상황이었는데 눈치 없는 부관이 한 시간이 채 지나기 전에 그를 깨운 것이다.

"무슨 일이냐?"

"강행정찰연대장이 찾아왔습니다."

"이 시간에?"

"예, 아주 급한 일인 듯했습니다."

"알았다."

권응수는 벌떡 일어나 자리끼로 사용하던 물을 얼굴에 뿌려 잠을 깼다. 그리곤 급히 의관을 갖추어서 최배천을 만났다.

"이 야심한 시각에 연대장이 직접 오다니 대체 무슨 일 이오?"

최배천은 오봉옥이 전한 내용을 전해주었다.

다 들은 권응수는 벌떡 일어나 도원수부로 달려갔다.

그리곤 권율을 찾아 방금 들은 이야기를 전했다.

권율 역시 깜짝 놀란 듯 잠시 말이 없다가 부관을 호출 했다.

"주상전하께서 침소에 드셨는지 알아보아라."

장수들과 임금은 차원이 달랐다.

장수는 불시에 찾아가 흔들어 깨워도 상관이 없지만 임금 은 그렇게 할 수가 없었다. 먼저 절차라는 게 있는 법이었다.

부관이 돌아와 대답했다.

"아직 깨어 있으시다고 합니다."

"그럼 내시부에 일러 내 곧 찾아뵙겠다고 전하여라."

"알겠습니다."

부관은 다시 도원수부 북쪽에 있는 처소로 부리나케 달 려갔다.

권응수가 채비하는 권율을 도와주며 물었다.

"이를 어찌 생각하십니까?"

채비를 갖춘 권율은 주먹을 불끈 쥐어보였다.

"의도를 몰랐다면 정말 위험했을 것이오. 그러나 안다면 그에 대한 대비를 세울 수 있으니 이젠 칼자루를 쥔 쪽이 우리요."

대답한 권율은 바로 이혼을 찾아가 왜군의 의도를 전달했다.

묵묵히 듣고 있던 이혼은 벌떡 일어나 소리쳤다.

"하늘이 우리를 돕는구나!"

이혼은 권율에게 곧바로 명했다.

"도원수는 이에 대응할 작전을 세워 당장 실행하시오!"

"예, 전하!"

대답한 권율은 이혼 처소를 나와 바쁘게 움직였다.

아무래도 오늘 밤 자기는 틀린 모양이었다.

그로부터 하루가 지났을 무렵.

백양산에서 좀처럼 움직이지 않던 조선군이 먼저 움직였다.

이젠 정말로 지긋지긋한 전쟁의 결판을 낼 때였다.

〈9권에서 계속〉